あの世とこの世を季節は巡る

沢村 鐵

潮文庫

目次

装幀　Malpu Design（清水良洋）
装画・挿画　宮崎ひかり

第一話
水の中の黒

夏にあったことがいったいなんだったのか、何ヶ月経《た》っても、明彦《あきひこ》にはうまく説明できなかった。

表面的には、なにも起こってはいない。目撃《もくげき》した人がそもそも少ないし、現場にいたとしても、なにがあったのか理解していない人ばかりに思える。

だが、あの日起こったことの前と後では、自分はまったく違《ちが》っている。

あそこであったことはなんだったんだろう。

あの人は、だれだったんだろう。

ときどき思い返しながら、自分は大きくなっていくんだろうな、と明彦は思った。

大人になっても忘れないだろうな、とも。

その夏――明彦が体験したのは、次のようなことだ。

すべては水の中で起きた。

1　底

初めて来たけど、スポーツクラブのプールってこんな感じなんだ。

明彦は、競泳パンツをはいてバスタオルを肩《かた》にかけた恰好《かっこう》で、プールを見渡しながら思った。

学校のプールや区民プールに比べてきれいで、造りがおしゃれ。プールサイドにはジャグジーバスや、ミストサウナまである。ただ泳ぐだけじゃなくて、身体をリラックスさせる設備も充実してる。さすがスポーツクラブ。会費を払って来る場所ってだけはある。

「こんにちは！」

監視員《かんしいん》のお兄さんもやたらと元気よくあいさつしてくれる。その笑顔はいかにも営業スマイルという感じがしないでもないが、やっぱりあいさつというのはあったほうが気持ちがいい。黙って頭を下げながら、明彦はバスタオルを備《そな》えつけの棚《たな》に置き、さっそくプールに入った。

二十五メートルプール、レーンは六つ。二つはウォーキング専用、三つはゆっくり泳ぐ人用。残り一つが、速く泳ぐ人のためのコースだった。

明彦は、初めはゆっくり泳ぐ人のコースで身体を慣らし、すぐ速い人コースに移った。クロールでどんどん飛ばす。

区の大会が近い。なのに学校のプールは工事に入ってしまった。よりによってどうして夏休みに？　学校からしたら、夏休みだからこそ工事するんだって言うんだろう。授業で使えるようにするために、長い休みに工事するのが当たり前だと。でもそれって水泳の代表選手のことをぜんぜん考えてない。決めたのはたぶん校長。明彦は文句《もんく》を言いたかった。

ところが、その校長が地域のスポーツクラブに掛け合ってくれた。おかげで、ふつうは小学生を会員として受け入れないこのクラブが、この夏限定で、水泳の代表選手だけは自由に使えるように取りはからってくれたのだった。

ちょうどダイエット好きの母親もここの会員で、明彦に勧《すす》めてくれた。区民プールより家から近いし、明彦は来てみることにした。そして、来て正解だった。ここのプールは快適《かいてき》だ。水を常時入れ替える循環濾過《じゅんかんろか》システムのおかげで水はいつもきれいで、塩素が少ないから臭《くさ》くない。それに思ったより空《す》いてる。夕方前という時間帯だからかな。会社勤《づと》めの人たちは夜来る。母さんみたいな専業主婦は昼に来ることが多いみたいだ。

いまプールにいるのは年配の人ばかり。ウォーキングコースに三人、ゆっくり泳いでいる人が二人。速く泳ぐ人コースには、明彦だけ。おかげで思う存分《ぞんぶん》泳げた。ぶつかる心配も要《い》らない。クロールや平泳ぎはもちろん、背泳ぎもバタフライもやり放題だ。明彦は嬉《うれ》しくて、ろくに休みも入れずに泳ぎ続けた。

やっぱりおれ、泳ぐの好きだ。三日も間が空《あ》くと身体が泳ぎたがってしょうがない。家の近くにこのクラブがあってよかった。他の水泳選手のやつらも来ると言ってたけど、いざとなったら口実をつけて来ない。なじみのある区民プールのほうに行くというやつもいれば、単純に練習をサボりたいだけのやつも。だからここを使うのは、結局自分一人になりそうだった。

——だったら、香菜江《かなえ》も誘えばよかったかな。

明彦は後悔《こうかい》した。誘っても来ないだろうけど、声だけでもかければよかった。

妹の香菜江は小学四年生だった。夏休みなのに、なかなか家から出ない。あいつも代表選手なのに。活発でスポーツはなんでも好きで、泳ぐのは兄貴より好きなはずなのに、この夏は一度も泳いでいない。それどころか、六月から学校に行かなくなった。いじめに遭《あ》ったらしい。明彦は最近しゃべっていないから詳《くわ》しいことは分からない。母親とは少ししゃべっているみたいだが、明彦も父親も黙《だま》っていた。香菜江のほうから話しかけてくれるのを待っている。生意気で、うるさいくらいだった香菜江が懐《なつ》かしかった。口をきかなくなるなんて想像したこともなかったから、よほどつらい目にあったのだろう。明彦はどう接すればいいか自信がなかった。それでつい母親に任せてしまう。

今日も声をかけられないまま家を出てきた。話しかけたいが、照れもある。なんて切り出せばいいんだ。妹にこんなに気を遣《つか》ったことがないからほんとにどうしたらいいのか分からない。夏休みの間にはもとに戻ってほしかったし、二学期からは学校に戻ってほしいんだけど……そんなことを思いながら、身体は勝手に水をかき分けて進んでいる。

プールの底になにかが沈《しず》んでいるのが見えた。

通り過ぎながら見つめる。人の指ぐらいの小さなものだ。黒い飾《かざ》りの部分と、銀色のピンの部分がある。髪留《かみど》めのようだ。黒い部分は、小さなまるい花の形をしていた。
だれかが落としたのかな？　クロールの間は潜《もぐ》らないから取りに行けない。明彦は
ターンして平泳ぎに切り替える。さっき見つけた辺りまで泳ぐ。
あれ？　見当たらない。
潜ってよく見たが、さっき見えたものはどこにも見当たらなかった。
おかしいな。どっかに流れて行っちゃったかな。それともなにかと見間違えた？
明彦は浮き上がってバタフライに切り替えた。

2　触

翌日も、その翌日も明彦は泳ぎに来た。
この調子なら、身体はいい具合に仕上がってくれる。まだ計《はか》ってないけどタイムも
だいぶ上がってるんじゃないかな？　明彦が気分よく平泳ぎで水をかいているとき、
足になにかが触れた。
明彦はあわててクロールに切り替える。まるで自分専用のように使っている「速く

泳ぐ人」のコース。いつも自分だけだと思ってたけど、いつの間にかだれかが入ってきた。平泳ぎだとクロールの人には追いつかれてしまう。速い人優先のコースだから、ゆっくり泳いで邪魔《じゃま》してはいけない。

明彦はスピードを上げて、端《はし》まで来ると後ろを振り返った。

だれもいない。

おかしいな。気のせいか？　いや。確かに人の指が、自分の足を触った感触だった。首をひねったが、いないものはいない。明彦は気にしないようにして、今度は背泳ぎで進んだ。そこで思い出す。そういえば、昨日もあったな。

背泳ぎをしてたら足の指先を触られた気がして、泳ぐのをやめて底に足をつけて立った。

ところがだれもいない。なんか変だな。そう思いながらも背泳ぎを再開すると、今度は明彦の指が、だれかに触れた。自分のほうがぶつかってしまった——あわてて泳ぎをやめて前を見る。

なにもない。なんだこのプール？　魚でもまぎれ込んでるのかな。人はいないのに、やたらとなにかに触る。おかしいなあ。

だがどこを見てもなにもいない。子供嫌《ぎら》いのお客がこっそり近寄ってきて意地悪《いじわる》してるのかも、とも思ったが、それにしては気配《けはい》がなさ過ぎる。

気にしないで泳ぎ続けるしかなかった。飽《あ》きもせずこれだけ泳ぎ続けられる自分が明彦は新鮮《しんせん》だった。昨日も今日も、気づいたら一時間を過ぎている。それでもまだまだ泳ぎたい。低学年の頃から泳いでいるが、自分からこんなに泳ぐようになったのは最近だ。

泳いでいる最中、「水をつかんでる」と感じる瞬間《しゅんかん》が格別だった。腕《うで》と足が自分の身体をどんどん前へと運んでいく。イルカ並みに突っ走ってるんじゃないかという気がすることもあって、その爽快《そうかい》感は病《や》みつきになる。泳げば泳ぐほど自分の身体が水になじむ。

さすがに息が荒くなり、腕が上がらなくなってきたところでプールから出た。身体がふらふらするのが嬉しい。顔がニヤついてしまう。ああおれは限界まで泳いだんだ、という満足感だ。

「調子どう？　どんどんうまくなってるんじゃない？」

多田《ただ》さんが近づいてきて言った。昨日このプールで知り合いになった女性だ。

「速いねえ、あんた！　選手かい」

ジャグジーバスで身体を温めているときに、そう声をかけられた。多田さんはスイムキャップを脱ぐと見事な白髪頭《しらがあたま》だが、いつも元気にウォーキングしている。ずいぶん長い間歩き続けていて明彦は感心した。たぶん七十歳を超《こ》えているが、まだまだ長生きしそうだ。

「何年生。学校はどこなの。おうちは？」

昨日はどんどん訊《き》かれた。小六です、学校は近くの幡山小《はたやま》、家は公園通りです。

なぜ小学生がここに来ているのか説明しようと思ったが、多田さんはそんなこと気にもしてない様子だった。監視員が事前にきちんとお客さんに説明してあるんだろう。

多田さんは、明彦が訊いてもいないのに自分の名前を教えてくれて、いろんな話をしてくれた。あたしもすぐ近くよ。少し前にだんなを亡くしてから一人暮らしさ。息子がいるけど別に住んでるんだ。

「孫が、明彦くんのちょっと上ぐらいかね。陸上やっててさ。プールもときどき行くみたいだ」

なんとも言えない嬉しそうな顔をした。たぶんこの人はもっと孫に会いたいのだろうし、自分に声をかけてきたのは孫を思い出したからかな、と明彦は思った。

「うまくなってるかどうかは、分かんないです」

明彦は照れ笑いを返した。

「でもここ、気持ちよく泳げていいですね。あんまり人いないし」

すると、多田さんの顔が少し暗くなった気がした。

「夜はもう少し増えるけどね。去年から人が減っちゃったからね」

「へえ。なんでですか？」

「ちょっとワケありでさ」

だが多田さんはその先を続けなかった。

「あんたのお母さんってさ、よくエクササイズ来る人？　自転車乗ってる人？」

訊いてきた。それ母さんかも知れません、などとしばらく立ち話をしてから、多田さんはプールに歩きに入る。明彦はジャクジーバスに向かった。

たっぷり泳いだあとは、噴《ふ》き出す泡を浴びながらゆっくり身体を休める。熱すぎないお湯が身体を温め、ほぐしてくれる。広々しているから、家の風呂《ふろ》とは違って両足を投げ出してゆっくりできる。学校のプールでも区民プールでもできないこと。ここだけの特権だ。

身体がほぐれたら、奥のミストサウナに入る。サウナの熱は身体を芯《しん》から温めてくれるので好きだ。ドアを開けると白い蒸気《じょうき》が立ちこめている。明彦は目を凝《こ》らした。だれかいたら、離れた場所に行って座るためだ。

昨日はだれもいなかったけど、今日は一人いる。長い髪の女性だった。入って右側の隅《すみ》に座っていたので、明彦は左側に行って座った。じっとり汗がにじんでくる。しばらく目を閉じてじっとしていた。

目を開けて、ふと横を見た。

いない。だれも。

あれ？　いまいた女の人は……長い髪は目がまだ憶《おぼ》えてる。スイムキャップに収まるんだろうか、と思うぐらいの長い髪だった。なのに白い蒸気の向こう側にはだれもいない。

いつの間に出ていったんだ？　サウナのドアが開いた気配はなかったのに。

よっぽど、そろりそろりと出ていったんだろうか。おれに気を遣って？　でもわざわざそんなことする人いるかなあ。

熱さに我慢《がまん》できなくなる頃にサウナを出る。長い髪の女性は、見当たらない。もう帰ったのかな。多田さんの姿も見えなかった。先に帰ったか、下の階にあるジムに行ったんだろう。

明彦も帰ることにする。プールがある四階から階段を下りて、三階のシャワー室で身体を洗ってから、となりの更衣室《こういしつ》で服を着る。それから一階に下りて出口を出た。

空は少し暗くなっていた。オレンジがかった光の中に男が一人立っている。出口の真ん前だった。明彦は足を止める。

なんでこんなところに突っ立ってるんだろう。だれか待ってるのかな。だけどこの人……ギターを背負《せお》ってる。ギターケースはない。裸《はだか》のままだ。なんか場違いだなあ。

明彦が自動ドアから出てくるまで、男はじっと上のほうを見上げていたようだった。明彦も見上げる。二階の窓にジョギングマシーンで走っている人たちがいた。その上には、プールのフロアの小窓が並んでいる。

明彦がまた男を見ると、男は明彦を見ていた。

少し頬《ほお》の痩《こ》けた、優しい目をした男だった。二十代半ばぐらいかな。

ちょっと、なにか言いたそうな顔に見えた。

明彦は歩き出す。声をかけられる気がしたのだ。早く帰ろう。足を速めてスポーツクラブを離れる。

3 血

翌日。

この日の午後も明彦は泳いでいた。プールの壁面《へきめん》を思い切り蹴《け》って、底のほうまで潜る。

息継ぎしないで何メートル進めるか試していた。身体をアシカのように上下にうねらせながら水中を進んでいると、視界の端になにかが引っかかる。ドキリとした。

——水が濁《にご》ってる。

プールの真ん中のほうだ。

黒っぽい水が、まるい形に漂《ただよ》っていた。なんだろ？　だれかが上から泥《どろ》でも投げ込んだのか？　それとも、排水溝《はいすいこう》の逆流でゴミが出てきた？　まさかそんな。

それはじわじわ広がっていた。

その色。真っ黒じゃない。あれはなんだか……

血に見えた。

だれか怪我《けが》したんじゃないか？　でも辺りに人は見えない。ほんとに変だ。

濁りはだんだん広がって、そのうちこっちまで来る。プール全体に広がってしまうんじゃないか。明彦はあわてて浮上した。ぶはっと顔を出すと急いで息を吸う。プールの真ん中の、濁りのほうを見た。

見えない。

あれ？　おかしい。明彦はもう一度水の中に顔を入れた。

……なにも見えなかった。どこも濁っていない。

明彦は首をひねった。おれ、疲《つか》れてるのかな。

それからいきなり怖くなる。

このプール、おかしい。

明彦は監視員を捜《さが》した。いつものお兄さんがプールの端に立っている。顔はいつも通り穏《おだ》やか。でも、ちょっとひきつっているように見えるのは気のせいかな。

今日もたいして人がいない。こんなところを監視するのはきっと張り合いがないだろうな。いつぐらいからここに勤めてるのかな。

あの人に訊けばなにか分かるだろうか。だけど……なんて訊いたらいい？

「このプール、なにかいる」

そんなこと言ったって笑われるだけだろう。

ちょっと休むか。明彦はプールから上がってジャグジーバスに向かった。

ところが、お湯に足をつけると……痛みを感じた。

足の先を見ると、小指の付け根が赤くなっている。少し切れてるみたいだ。なんでだ？　ぶつけた覚えはない。プールの中には、怪我するような尖《とが》ったところもないのに。

明彦は仕方なく監視員のところへ行った。

「すいません、ちょっと足、切っちゃったみたいなんですけど」

「ああ、絆創膏《ばんそうこう》持ってきますね」

監視員は事務室のほうへ行った。素早《すばや》い対応だった。素早すぎる、と明彦は思った。

今の顔は……またかって顔に見えた。おれだけじゃないのか？

監視員は持ってきた絆創膏を渡してくれた。受け取りながら、

「あの……」

明彦は訊きそうになる。

「はい？」

「……いえ」

やっぱり訊けない。おとなしく絆創膏を足の指に巻いて、ジャグジーバスに浸《つ》かった。足の先だけは縁《ふち》から出して。

プールを見渡しても多田さんの姿は見えなかった。今日は来てないのか。それとも、ジムのほうか。

今日はもうちょっと泳ぎたい。さっき見た濁りみたいなのが気になるけど、だれも騒《さわ》いでない。気のせいだったんだ。それか、光の具合だ。気にしないでもう一泳ぎしよう。

明彦はまた「速く泳ぐ人」コースに戻った。今日も自分だけだ。

しばらくはふつうに泳いで、だんだんスピードを上げていく。息が上がってきた。そろそろ仕上げだ。練習の最後は、何本か全力で泳ぐ。クロールでぶっ飛ばす。イルカ気分で。

懸命《けんめい》に水をかいていると、これ以上速くは泳げない、というところまで来られる。でももしもっと速く泳げたらどんな気分だろう？　明彦はふっと前を見た。

――だれかいる。こっちに向かって泳いでくる。

ぶつかる。

急停止した明彦の目の前で黒い長い髪がぶわっと広がる。白い腕も見えた、女性だ――おれに向かって泳いできた、フワッときつい香水のような香りがして明彦は驚いてあわわわわ、と水中で言ってしまって肺《はい》に水が入ってきて咳《せ》き込んだ。水面から顔を出して必死で息を吸う。それから両手を振り回した。今の女が飛び出してきて、自分にしがみついてくるような気がした。

だが水面は静かだった。

胸のどきどきがひどい。見ると、自分の腕一面に鳥肌が立っていた。

ちくしょう、もうイヤだ。明彦はプールから逃げ出した。ジャグジーバスにもミストサウナにも寄らない。階段を下りてシャワー室に直行する。ドアを開けるとがらんとしていて、ヒュウウウウと風の音がした。換気口《かんきこう》から響《ひび》いてくる音だと分かっていても気持ち悪い。人っ子一人いなかった。シャワーは仕切りで分けられて二十も並んでいるのに、浴びてるのは自分だけ。

　備え付けのシャンプーを頭につけた。目を閉じて洗い始めたが、すぐ怖くてたまらなくなった。後ろにだれかいるんじゃないか？　そう思い始めるともうだめだ。お湯をダーッと浴びてシャンプーを洗い流すとシャワー室を出た。更衣室でバタバタと服を着てスポーツクラブを出る。

　正面出口を出ると、男が突っ立っている。

　昨日とまったく同じ姿で、ギターを背負って上のほうを見上げていた。

　昨日と違うのは――男の横に多田さんがいることだった。この二人、知り合いか？

　出てきた明彦と目が合うと、男はまじまじと見つめてきた。おれいま青い顔してるだろうなあ、と明彦は思う。

「きみだいじょうぶ？」

　声をかけられた。多田さんも明彦に気づいて、

「あら。なにかあったの？」

　と訊いてくる。

　明彦はぐっと声を呑《の》んだ。なんて言ったらいいか分からない。言ったって信じても

らえない。笑われるのはいやだ。

「明彦くん、あんたもしかして」

多田さんは顔を覗《のぞ》き込んできた。真剣《しんけん》な表情だ。

「……なんか見たのかい？」

明彦は一拍《いっぱく》おいて、頷《うなず》いた。

多田さんは明彦と、ギターの男を見比べる。それから低い声で言った。

「あんたたち、あたしの家に来なさい。すぐ近くだから」

そう言って有無《うむ》を言わせず歩き始めた。

明彦はあっけにとられて立ちすくんでいたが、

「行きましょう」

ギターの男が言って歩き出したので、明彦も引っぱられるように歩き出す。

「いよいよもって、あのプールはダメね。どうしようもない」

多田さんが独り言みたいに言った。ギターの男は黙っている。なんのことかと多田さんに訊かないところを見ると、意味は分かっているらしい。

明彦は疑問でいっぱいになった。今すぐ多田さんに訊きたくてたまらないが、多田さんは脇目もふらず前に進んでいく。代わりに、ギターの男が気遣わしげに明彦を見る。

明彦は思いきって男に訊いた。

「あの、前からお知り合いですか？」

「ちがうのよ」

前を歩く多田さんが言ってよこした。

「あたしが声かけたの。不審《ふしん》人物かと思って」

「すみません」

男が頭を下げ、多田さんがちらりと振り返って笑った。

「うそうそ。悪いヤツだって思ったわけじゃないのよ。なにか気になったの。だって」

その目はすごく真剣だ。

「あんたプールのほう見上げてたでしょ？」

すると男は軽く頭を下げる。

「あの……多田さんも」

明彦は多田さんに向かって訊いた。

「知ってるんですね？　あのプールが変なの」

「あんたも会ったみたいだね。なんか変なものに」

「……女の人に」

「やっぱりかい」

「なにか知ってるんですか？」

明彦は勢い込んで訊いた。

「それは、あたしんちでゆっくりね」

多田さんはもう振り返らない。先を急ぐ。

秘密の話だ。外でするような話じゃないんだ。

ところが多田さんは、思い出したように振り返って言ったのだった。ギターの男を指さしながら。

「あ、この人ね。慎治《しんじ》くん」

説明はそれだけだった。

「よろしく、明彦くん」

ギターの男は手を差し出してきた。明彦は仕方なく握手《あくしゅ》する。柔《やわ》らかい手だった。一瞬強く握《にぎ》られたがいやな感じはしなかった。それどころか、この人いい人だ、と明彦は感じたのだった。握り方が誠実だ。いい加減な人はこんなにしっかり握らない。そんな気がした。

五分ほどで多田さんの家に着いた。住宅街の真ん中の小さな一軒家だった。慎治と明彦は玄関から居間に通された。隅にあるテレビを見て明彦は驚く。ブラウン管だ。しかもチャンネルがツマミ式。こんなの、まだ使えるのかな？

目を移すと、ポットも電話も柱時計も骨董品《こっとうひん》かと思うほど古い。なんて物持ちがいい人なんだろう。だから、黒電話の横のケータイの充電器がすごく浮いていた。

多田さんが座布団を敷いてくれたので、小さな丸テーブルを囲んで座る。慎治は壁にギターを立てかけた。ずいぶん年季が入ってる、傷だらけだ。多田さんは台所から麦茶をコップに入れて持ってきてくれた。慎治も明彦も口をつける。多田さんも座ると、自分のコップで少し飲んでから言った。

「さて、どこから話したもんかねえ」

ちょっと途方《とほう》に暮れたように。

慎治は黙っている。明彦も、ただ待ち受けていた。多田さんは何度か二人を見比べてから、明彦のほうを見た。

「で？　明彦くんはいつ気づいたの。あそこが変だって」

「はい。あの……」

緊張したが、明彦は少しずつ喋《しゃべ》り始めた。

「来て、二日目ぐらいかな……泳いでるとき、足になにか触ってくる気がすることがあって。気のせいかと思ってたんですけど」

「感じる人は感じるんだね、やっぱり」

多田さんは腕を組んで言った。

「いまプールに平気で通ってきてる人たちは、鈍感《どんかん》っていうか、気にしない人だけどね。なんか感じる人は、気持ち悪くて来なくなっちゃってる。まああたしも鈍感な口だけど、それでもときどきゾッとすることがある。気配を感じたり、なんか見ちゃったりすること、あるからね」

「ぼく、見ちゃいました」

明彦は急いで言った。

「さっきです。泳いでたら、前からなんか来てぶつかりそうになって……女の人だったと思います。髪が長かったから。だけどすぐ消えた。変なふうに、水が濁ってるのも見ました。血みたいなの。とにかく、ありえないことばっかです」

「かわいそうに」

多田さんは目を細めて明彦を見た。

「明彦くんを怖がらしちゃいけないと思ってたから黙ってたけど。あたしもときどき、おかしなもんは見てたからね。プールをウォーキングしてると、どうも後ろに気配がする。プールがガラガラの時だよ。すぐ後ろに、だれかが水をかき分けてついてくる音がするんだ。振り向いてもだーれもいないんだけどさ」

ああ同じだ、と明彦は思った。

「ま、ちょっとギョッとはするけど、迷惑《めいわく》ってわけでもないしね。気にしないようにしてた。なんだかプールの雰囲気《ふんいき》が暗いのは気が滅入《めい》るけど、混んでうるさいよりはマシだと思ってさ」

「でもおれ、前から泳いでくるの見ちゃったんですよ」

明彦は思わず言った。

「わざとおどかそうとしてるとしか思えない」

「そうだと思うよ」

慎治がいきなり言った。

「きみは感じる力が強いんだ。だから、ほかの人より彼女のことを見てしまう」

「えっ」

明彦は絶句《ぜっく》した。何秒か、ただただ慎治を見返してしまう。それから、

「おれ……霊感《れいかん》あるってこと？」

呆然《ぼうぜん》と言った。

「そんなの……感じたことないけど」

すると慎治は口をつぐんだ。話す様子がないと見て取ると、多田さんが言い始めた。

「あのプールがおかしいんだよ。ふだん見ない人も、見えちゃうんだろ」

「あれ……なんなんですか」

明彦は訊く。

「あそこになにがいるんですか？」

「あんまり教えたくなかったけど」

多田さんは頭を振りながら言った。

「一年ぐらい前かね……あそこで女の子が死んだのは」

「えっ」

「クラブの会員だった子だ。あたしも何回かは見たことがある。口きいたことはないけど。指導員のことが好きになって、実際、つきあったみたいだよ。まわりには内緒《ないしょ》でね。だけど長続きしなかった。指導員の男のほうが女の子を持て余すようになって、別れようとしたんだけどずいぶんもめたらしい。詳しいことはあたしも知らないよ。ぜんぶ噂《うわさ》で聞いた話だけど」

多田さんは気がとがめたように言った。

「ただ確かなのは、女の子がよほど思い詰めてたってことさ。ちょうど去年の今ごろだ。その子は水着じゃなくて、普段着であのプールに飛び込んだ。手には刃物《はもの》を持ってね」

「刃物」

「うん。その子はそれで、自分を」

多田さんはさすがに黙った。

明彦も、声も出ない。ただ、胸のどこかが納得している。あの黒い水……プールに広がっていく濁り。あれはやっぱり——

「多田さんは、現場に居合わせたんですか？」

冷静な声。慎治だった。

「いいや。その子、朝一番でクラブ来て飛び込んだらしいからね。人はあんまりいなかったそうだよ」

「その指導員の人は、どうしたんですか」

「いなくなったよ。辞《や》めたのか、他のクラブに異動したのか知らないけど。まあ、ここにはいられないわね」

「そうですか」

慎治が考えこむ。

「どうする気さ」

多田さんが訊いた。目は面白がっている。

「あの、なんなんですか？」

明彦は訊いた。死んだ女の話も知りたかったが、この慎治という男も謎《なぞ》だった。どうしてここにいるのか。多田さんが連れてきた理由はなんなのか。

「明彦くん。この人はね、幽霊《ゆうれい》と喋《しゃべ》れるらしいよ」

多田さんは、ちょっと不真面目《ふまじめ》なニヤニヤ顔になった。

慎治は反応なし。否定もしないし、笑いもしない。

「マジっすか」

明彦はとりあえず言ったが、気持ちは入らなかった。いきなりすぎたのだ。この人が霊能者？　そうは見えない。そのへんの貧乏《びんぼう》学生か、フリーターという感じだ。

「慎治くん、きのうもあそこにいてさ。じーっとクラブを見上げてるんだ。プールのほうをさ。変なヤツだなと思って声かけてみた。そしたらやっぱり変なヤツだった」

多田さんはそう言ってますますニヤリとした。慎治も笑って頭を下げる。

「すみません。でも、声かけていただいてよかったです」

慎治の声には心がこもっている。多田さんに感謝しているのが分かる。多田さんならではの人なつっこさ、物怖《ものお》じしない性格のおかげで、慎治だけでなく明彦もここにいるわけだった。接点のなかった三人がこうして話せた。

「あんた、なんで分かったんだい？　ここが変だって」

多田さんは慎治に訊いてくれた。明彦が今いちばん訊きたいことを。

「あそこが幽霊プールだって。あんた、通りがかりのよそ者だろ？　どこかで噂を聞いたのかい？」

慎治はちょっと顔を伏せた。どう答えたものか考えている。

「あんた、霊能者ってわけかい。お祓《はら》いに来てくれたのかい？」

「いえ……」

慎治は顔を上げる。

「……気になってしまって」

曖昧《あいまい》な答え方。

「そういうときが、あるんです。性格ですね……黙って通り過ぎることができなくって。通り過ぎても、また戻ってきてしまうんです」

「……おかしな人だね」

多田さんは言った。

「面白いけど。で、どうするつもりだい？」

慎治はしばらく黙ってから、言った。

「ぼく、プールに入れないでしょうか」

明彦は慎治の顔を見つめる。その真剣な眼差《まなざ》しに、なんだか胸を打たれた。

「あのクラブの会員にならないと、やっぱり無理ですか」

「そうだね。受付でチェックされるから、会員カードを持ってないとダメだけど。でも」

多田さんはにっこりした。

「会員の紹介があれば、体験入会ができるよ。タダでね」

「ほんとですか？」

多田さんはしっかり頷《うなず》いた。

「今日はもう遅いけど。明日いっしょに行こう。入れてあげるから」

「分かりました。お願いします」

慎治が頭を下げた。

「しかし、なんだか変なことになったねえ」

多田さんの口調《くちょう》は困った感じだが、顔は愉快《ゆかい》そうだ。

「慎治さんは、お祓いができるんですか？」

明彦は思わず、期待を込めて訊いた。すると慎治は、

「いいや」

いやに素直な目で明彦を見返した。

「話すだけ」

「話すだけ？」

「ぼくにはそれしかできないから」

「でも」

おれなに喋ってんだろ、とふいに笑い出しそうになりながらも、明彦は訊いた。

「幽霊と話して……解決するんですか？」

「分からない」

慎治は短く言った。

沈黙。

ぷっ、と多田さんが笑う。

「ほんとにおかしな人だねえ」

慎治がまた頭を掻《か》く。

「すみません」

いちいち誠実だった。自分がどれだけ突拍子《とっぴょうし》もないことを言ってるか、この人はちゃんと分かってる。明彦はそう思った。

「でも、話さないとどうにもならないんです」

この人は本当のことを言ってる。

この人が信じていることが、本当かどうかは分からない。ただ、正直なことだけは間違いないと思った。明彦は言う。

「ほんとに……話せるんですね。慎治さん」

「うん」

慎治は頷いた。

「向こうに話す気があれば」

「あんたに任せるよ」

多田さんが言う。

「あんたの頭がおかしいだけかも知れないけど。他にどうしようもないしね。幽霊に会いたいんだろ？　だったら会わせてあげようじゃないか」

4 潜

翌日の午後、明彦がスポーツクラブの入り口の前に行くと、すでに多田さんと慎治が待っていた。慎治はどうやら多田さんの家に泊《と》めてもらったらしい。ギターは持っていないから、多田さんの家に置いてきたようだ。

多田さんも一人暮らしなのに、知り合ったばかりの男を泊めるなんて思い切ってるなあと思ったが、慎治さんは危険な人じゃない。明彦もそう思った。

シャツもズボンもよれよれでみすぼらしい。ギター抱えてふらふらとこの街にやってきて、幽霊と話したいとか言う。頭がおかしいだけかも知れない。だけど――この人がプールに行ってどうするのか見たい。どうしても。

「じゃ、行こうかね」

多田さんが言って、三人で自動ドアをくぐった。さあ、潜入だ。このおかしな人をプールに連れ込むんだ。明彦はなんだか、秘密捜査《そうさ》グループの一員になったような気がしてどきどきした。

多田さんと慎治が書類に書き込んで、仮の会員証を作ってもらう。手続きはあっさり完了、すぐ三人でエレベーターに乗った。更衣室に向かう。

明彦は慎治に、男子更衣室のロッカーの使い方を教えて、家から持ってきた水泳パンツとゴーグルを貸した。

「ありがとう」

慎治は言って、受け取って着替えた。

太りぎみの父親のパンツはサイズが大きかったが、慎治も本気で泳ぐつもりはないだろうから問題ない。明彦は肩にバスタオルをかけると、先に立ってプールへの階段を上る。四階のプールに着いた。

「こんにちは！」

いつも通り監視員のあいさつに迎えられる。

そして慎治もプールに入ってくる。その途端《とたん》、異変は起きた。

慎治に向かって「こんにちは」と言おうとした監視員の声が途絶《とだ》えた。

天井の照明が、いきなり消えたのだ。

明彦はあっけにとられて見上げた。ヒューズが落ちたのだろうか？　それくらい唐《とう》突《とつ》だった。監視員のお兄さんがあわてて事務室に飛んでいく。

慎治はちょっと天井を見上げただけで、明彦を追い越してプールサイドをゆっくり歩き出した。水面を見やり、それからプールの奥のジャグジーバスのほうを見る。

明彦は、見えますか？　と訊きたくなった。幽霊、いますか？

「どう？」

水着を着て、階段を上がってきた多田さんが明彦に訊いてきた。天井の照明が消えているのを見て厳《きび》しい顔をする。明彦は首を傾《かし》げただけでなにも言わなかった。二人して慎治のほうを見つめる。

いきなり明るくなった。照明が直ったのだ。

プールの中で立ちすくんでいた年配の男性が、安心したようにまたウォーキングを始める。あとはゆっくり泳いでいるおばさんが一人、ジャグジーにおじいさんが一人いるだけだ。

「とりあえず、待ちます。ここで」

慎治は明彦たちのほうを振り返って言い、プールサイドにあるプラスチックの椅子《いす》に座った。

明彦も行って、となりに座る。今日はここで泳ぐ気がしない。

「あたしは歩いてくるね」

多田さんはあっさりプールに入って、ウォーキングコースを歩き始めた。

いつもの光景だが、多田さんはほんとに剛胆《ごうたん》だなあと明彦は呆《あき》れた。マイペース。どんな状況でも、やりたいことはやる人だ。

明彦は天井を見た。照明は復活したものの、いつもより暗い感じがした。頬に触れる湿《しめ》った風。このプールの上を渡って、吹きつけてくる。空調の風？　いや……かすかに匂《にお》いが混じっている。覚えがあった。香水だ……昨日、明彦に向かって泳いできたあの長い髪。鼻を襲った匂い。あの女がどこかからこっちを見てる――。

慎治がふらり、と立ち上がった。

そしてまた歩き始める。プールのまわりをぶらぶらと。

明彦は座ったまま目で追った。ジャグジーバスのほうへ行ったかと思うと、奥のミストサウナの扉を開ける。覗《のぞ》き込むだけで、中までは入らずに扉を閉めた。またプールサイドを歩く。監視員と会釈《えしゃく》し合い、すれ違った。監視員の男性はちょっと怪訝《けげん》そうに慎治を振り返った。見慣れない男が、泳ぎもせずにぶらぶらしているのだから気になるのも当たり前だ。

明彦は心配になってくる。この人、本当に大丈夫か？

多田さんがプールから上がってきた。

「寒い」

明彦に一言。それからジャグジーバスのほうへ向かう。

多田さん、小刻《こきざ》みに震《ふる》えてた。唇《くちびる》も紫がかってた。そんなに水が冷たいのか？　いつもなら監視員に文句を言うはずなのに、初めからあきらめてるみたいにジャグジーバスに身を沈《しず》めてしまった。責めても仕方がない。そう思ってるのかも知れない。

多田さんも感じてる。いつにも増してここがおかしいと。

「ぬるい」

明彦のほうを見て、もう一言。

プールだけじゃなくジャグジーバスの温度もおかしいようだ。椅子に座っている明彦も頷いた。寒くなってきたのだ。空調がおかしいのか？　このフロア自体の温度が下がっている。プールからおばさんが上がってきて、水冷たいんだけど、と監視員に言った。それから腕を組んでブルッと震える。冷たいのは水の中だけじゃないと気づいたようだった。ウォーキングしていた男性も無言で上がってくる。

監視員は戸惑《とまど》ってきょろきょろしている。異常が発生しているのは間違いないと確信して、また事務室のほうへ向かった。

初めから人が少なかったプールの水の中に、もうだれもいない。

その水面を、慎治が立ち止まって見つめている。

明彦も見た。そして小さく、えっと言ってしまう。

――波立っている。

だれもいないのに……こんなプールは見たことがないと思った。大勢が泳いでるときでさえ。まるで海だ……波が生まれては、プールの縁まで打ち寄せる。プールの底に大きな魚でもいて、ゆっくり泳いでいるかのように。

でももちろん、どこを見てもなにもいない。

次の瞬間、
ほわっ――

と花が咲くように、水の中になにかが広がった。

「うわっ」

明彦は大声を出してしまう。

それは——

髪の毛に見えた。長い女の髪。

白い身体は見えない。ただ、髪の毛だけだ。

それがまるでクラゲのように……プールの真ん中を漂っている。

明彦はあわててジャグジーバスのほうを振り返る。でも多田さんは、腰を下ろしてじっと前を見ているだけ。あの位置からじゃプールの中が見えづらい。あの黒髪が見えない。見てよ、と言いたかったがうまく声が出ない。明彦はもう一度プールを見た。

慎治がプールの階段を下り始めている。明彦はあっけにとられた。だが慎治は髪の毛も、水の冷たさもまるで気にしていない様子で、ゆっくり、静かに、水に身体を沈めてゆく。

それから——泳ぎ出した。平泳ぎで、プールの真ん中に向かって。

黒く漂うものに向かって。

明彦は自分の目が見ているものが信じられない。まわりを見ても、他の人たちは気づいていない。帰ろうとプールを出て行くおばさん、椅子に座って休むおじいさん。

多田さんはジャグジーバスに浸かったままだし、あの気持ち悪い黒髪が見えてるのはおれと慎治さんだけか、と思った。やっぱりあの人には見えてる、なのにわざわざあれに向かって泳いでいくなんて――！　明彦がただ目を奪《うば》われていると、慎治はいったん立ち止まってゴーグルをつけた。そして、水に潜る。

痩《や》せた身体が、スーッと水の中を進んでいくのが見えた。

その瞬間、バンッと言って天井の照明がまた落ちた。暗くなる。

「すいません、故障《こしょう》です！」

事務室のほうから監視員があわてて戻ってきた。

「電源が落ちました。ボイラーも止まってます！」

プール中に聞こえるように大声で言う。

「ちょっと、復旧に時間がかかりそうなので……みなさん、いったん出ていただけますか？　風邪《かぜ》ひかれると大変ですので……申し訳ありません」

おじいさんがあきらめてプールを出て行く。やれやれ、と言って多田さんがジャグジーバスから上がってきた。ジャグジーのジェットの泡はぴたりと止まっている。まるで死んだように。

「慎治くんはどうなった？」

訊いてくる。

「それが」

明彦はプールを指さした。

だがよく見えない。照明が落ちると、水の中が見えなくなる。水面には相変《あいか》わらず、波がうねっていた。

「すみません、いったん出てもらえますか」

監視員が明彦たちのところへ来た。

「いや、まだひとり上がってきてないんです」

明彦は説明した。監視員はプールのほうを見て、疑わしそうに明彦を見る。

「ほんとですか？　でも、なにも見えないようですが……」

「ほんとだよ」

多田さんがぶっきらぼうに言った。

「あたしたちの連れだよ。中に入ったままだ」

古株の客に言われては逆らえない。監視員はプールの縁《ふち》に近づいて腰を落とした。

目を凝らす。明彦もとなりに行って同じようにしたが、なにも見えない。どう見てもなにもいないのだった。

慎治がいない。

あの黒髪も。

プールの中に吸い込まれて——消えた。

そんなバカな。

明彦は居ても立ってもいられなくなった。慎治が水の中に沈んでから、優《ゆう》に一分は経っている。もう二分ぐらいかも知れない。ふつうの人には——限界だ。おれだって頑張っても二分いけるかどうか。あの人が潜水が得意だなんて話は聞いてない。もう、水から顔を出さないとおかしい。

「慎治さん」

たまらなくなって、明彦は呼んだ。

「慎治さん！」

水からは、なんの反応もなかった。

多田さんも心配そうに近づいてきて水の中を覗き込む。だめだ、と思った。こうしてプールの縁であたふたしててもなんにもならない。どうしたらいいんだ?

このままじゃ慎治さんが溺《おぼ》れてしまう。という、ふつうの心配をしている自分がいる。

でも状況はもっと複雑。姿が見えないというのは、心配というより理解を絶している。いないはずがないのにいない。訳が分からない。おれ知らない! とぜんぶ投げ出して帰りたい自分もいる。でもだめだ、そんな無責任なガキみたいなこと……放っておけない。慎治さんを見つけてプールから出す。それが第一だ!

肩にかけていたバスタオルを投げ捨てる。さっき慎治が下っていった階段に、明彦も足をかけた。

「ちょっと」

監視員が驚いて止めようとするが、

「ほっとけないじゃないか」

多田さんが怒ったように言った。そして、明彦に向かって言う。

「気をつけてね」

明彦は頷き、一歩一歩慎重に、階段を下った。水が足に触れる。

──冷たい。信じられないほど。

ボイラーの故障なんてレベルじゃなかった。水を循環《じゅんかん》させる機械が、間違って水を流し込んでるんじゃないかって気がした。だが明彦は怯《ひる》まない。時間がないんだ、もう三分を過ぎる──命の危険領域だ。

もしかすると、慎治は水が冷たくなったショックで底に沈んでるか、排水溝に引っかかっていてよく見えないだけかも知れない。

いや──あの女に押さえつけられてるのかも。

そう思った途端ゾッとして、プールから飛び出して逃げたくなる。

だが明彦はこらえた。ゴーグルをつけ、思い切って水の中に顔を沈めた。

暗い水が明彦を取り囲む。闇《やみ》の向こうに、目を凝らす。

動くものはなにも見えない。

明彦は、ゆっくりと泳ぎ始めた。プールの中央を目指す。油断なく前を見つめながら。

ゆらっ──

と、黒いものが揺れたように見えた。

明彦は一瞬水の中で叫びそうになったが、どうにかその場に留《とど》まって目を凝らした。やっぱり慎治さんは捕《つか》まってるんだ——あの黒髪に絡《から》みつかれて、身動きできないんだ。

おれも捕まる。引きずり込まれて二度とプールから出られなくなる——

瞬時に水が透明になった。

視界がはっきりして、プールのいちばん向こう側までが見えた。

だれもいない。生きているものはなにも。

明彦は水面から顔を出す。眩《まぶ》しい。光にあふれている。

天井を見上げると、煌々《こうこう》と灯《あか》りがついていた。

明彦は激しく息を吸いながら、思った。なんで急に電気が戻ったんだ？

水も変わり始めた。なま温かい水がふわーっと明彦に押しよせてくる。ボイラーが直ったのだ。

でも——明彦はプールを見渡し、また一度潜って、ぜんぶの方向を見た。

やっぱりだれもいない。

慎治さんはどこかへ行ってしまった。この水の中から、どこかへ。

明彦はあきらめて階段に向かった。

多田さんが階段の上で待っていてくれた。

「いないです」

明彦は言った。

「そうかい」

多田さんも、ほかに言いようがないようだった。

そのとき、キィ、と音がした。二人して音のほうを見る。

ミストサウナの扉が開いたのだ。中からだれか出てくる。

明彦は、信じられなかった。声も出なかった。

「慎治くん!?」

多田さんが驚いて寄っていく。慎治はサウナの扉に手をかけていた。ゆっくり左右を見て、少し震える声で言う。

「あ――間違えた」

「ここにいらしたんですか」

監視員がほっとしたように言った。

「お連れの方、無事ですね。じゃ、すいません。ちょっと事務室行って確認してきます」

いきなり復活した電気やボイラーの様子を確かめるために、監視員のお兄さんは行ってしまった。

明彦は声を失ったまま、食い入るように慎治を見つめた。何かに頭を締めつけられている気分だった。

おかしい。いつのまにサウナに？　ありえない。

慎治を見れば見るほどひどい違和感が襲った。ほんとにこのひと……いままでサウナにいたのか？　だって寒そうに身を縮めてるぞ。唇は完全に、真紫だ。いまの今まで、冷たい水の中にいたみたいに。

だけど、出てきたのはサウナから。

「な……なんで」

やっと出た明彦の声は、

「どういうことだい」

という多田さんの声に掻き消された。

慎治は変色した唇を噛みしめた。答えに窮《きゅう》している。

だがやがて言った。

「もう大丈夫です……ここは」

震える声で、まばたきを繰り返しながら。

「変なことは、もう起こらない、と思います」

「ほんとかい？　お祓いしてくれたの」

多田さんが訊くと、慎治はかすかに首を振った。

「話しただけです。ぼくには、それしかできないんで」

「あの女の子の幽霊とかい？」

「まあ、そうです」

「説得したってことかい？」

慎治は首を傾げた。

「そんなたいそうなことじゃないです。なんであれ、本人の気が済めばいいので……

もう気が済んだみたいです。有り難いことに」

慎治は幽霊を、生きた人みたいに扱ってる。明彦はそう感じた。

「だれかが気がついてくれるってことが大きいんですね。けっこう、単純なことだと思います」

「そうかい……」

多田さんはなんとも言えない顔で慎治を見つめた。慎治がサウナから出ると、キィと言って扉が閉じる。唇の色が戻ってきた。人心地《ひとごこち》ついたようだ。

「ずいぶん時間がかかっちゃいましたけど、どうにか……」

慎治は申し訳なさそうに笑った。

「ずいぶん？」

多田さんが聞きとがめる。

「あんたがプールに入ってから、五分と経ってないと思うけど」

多田さんはいまさら驚いたように、プールとサウナを見比べた。

「それに、いつのまにプールから出てここに」

明彦はあとから考え込むことになる。あれはマジックだったんじゃないか。プールに入ってサウナから出てくるなんて。なにかトリックがあった。たぶん多田さんもグルだった。それでぼくをからかったんじゃないか、と。

だがすぐに考え直した。そんなことをしてなんの得になる。ガキを一人だましてもしょうがない。

「すみません、驚かせて」

慎治は頭を掻く。

「ちょっと間違えただけなんです」

そんなの説明になってない。明彦は次の言葉を待ったが、慎治はそれ以上言い訳する気はなさそうだった。明彦は問い詰めたくなる。わけが分からなくて頭がぐらぐらする。説明してほしい、なにもかも納得がいくように。

ところが、多田さんは天井を見上げて、サバサバした調子で言ったのだった。

「ずいぶん明るくなったね」

めでたしめでたし、という感じで。

いっしょに天井を見上げると、ここの照明はこんなに明るかったのか、と目が覚めるような思いだった。空気が違うのがはっきり分かる。すっきりと爽《さわ》やかだ。あんなにどんよりと淀《よど》んでいたのに。変な匂いや、気配が混じり込んでいたのに。

明彦はふと気づいた。慎治がずっと拳《こぶし》を握りしめているのだ。なにか握っている。

「慎治さん。それなんですか？」

すると慎治は、手を開いて自分が握っているものを見た。

「あ、これ——彼女がくれた」

明彦に見えるように、手を差し出してくれる。

「もう要らないって」

それは、小さな黒いもの。

明彦には見覚えがあった。銀色のピン。そして、まるい花。

「それ……」

髪留めだ——いつか、プールの底に沈んでた。

あの女性のものだったんだ。

そしていま、慎治さんの手の中にある。

慎治はそれを差し出してきた。明彦は自然に手を伸ばす。

握手するような形になる。触れている何秒かの間、明彦は不思議な熱を感じた。目を閉じる……優しいお湯の中に漂っているような感じ。

明彦はすとん、と納得した。目を開ける。

うまくは言えない。だけど、あの長い髪の女性はもうここにはいない。どこかへ行った。二度と現れることはないんだ。そう思えた。

5　後

次の日、明彦はスポーツクラブの受付前で多田さんに会った。

「あれっ、今日は早いですね」

多田さんはもう帰るところだった。

「お盆《ぼん》休みだから、息子たちが来るんだ。これから」

「へえ」

多田さんはウキウキしていた。お孫さんも来るんだ、と分かった。

「慎治くん、行っちゃったよ」

多田さんの顔に淋《さび》しさが混じる。

「だいぶ疲れてるみたいに見えたから、ゆっくりしてけって言ったんだけどね。息子たちが来るって言ったら、遠慮してさ。今度はどこに行くんだかね」

痩《や》せた男の、控えめな佇《たたず》まいが目に浮かぶ。背中には傷だらけのギター。弾《ひ》いているところを見られなかった。お願いすればよかったな、と明彦はいまさら思う。きっと優しい歌が聴けた。

「明彦くんによろしくってさ」

多田さんはいたずらっぽく笑った。

「助けてくれてありがとうって。明彦くんが思い切ってプールに入ったの、ちゃんと言っといたから」

「……そうですか」

不思議な人だった。

次に彼が話す人はだれなんだろう。それは生きた人なのか、それとも死んだ人なのか。

あの人は、それがどっちかなんて気にしないだろう。すごいなあ。

「それとね。伝言」

多田さんは口調を変えた。

「妹さんは大丈夫、だって。意味分かる？」

明彦は絶句し、それから、

「分かります」

と言った。

なにも言ってないのに、あの人には分かった。おれの妹のことが。家に閉じこもっていること。いじめられてるってことを感じたんだ。たぶん、おれから。で、励ましてくれた。嬉しかった……あの人が大丈夫だと言うんなら大丈夫なんだろうし。それ以上に、自分のことを気遣ってくれたことがほんとに嬉しい。

多田さんは明彦の顔をじっと見て、満足したように笑みを見せた。

「いろんなものが見えるんだろうね。あの子にはさ」

多田さんはしんみりした口調で言った。

「つらいかもねえ。でも彼、逃げようとしないからね」

「そうですね」

明彦は深く頷く。

「いつかまた会える気がする」

願望なのか予感なのか自分でも分からない。ただ、おれの声は自信たっぷりだ、と思った。多田さんは頷く。

「会えるさ」

「じゃ……息子さんたちと、ごゆっくり」

「ありがと」

二人は別れた。

今日は記録を出せそうな気がする。今まででいちばんいい記録を。ここを自分が使えるのもあと少し。夏休みが終わるまで毎日来たい。で、明日こそは香菜江を誘おう！　明彦はそう決めて、プールへの階段を駆け上がった。

第二話 山手六道輪廻線

ふっと顔を上げた。

いつの間にか、車両には自分ひとり。

寝ちゃったよ。いまどこだ？　分からない。

祐仁《ゆうじん》はきょろきょろして、窓の外に見覚えのある景色《けしき》を捜した。

……よく分からない。まあいいや、次の駅に着いたら分かる。

祐仁は自分の身体を見下ろす。代わり映《ば》えしないブレザーとスラックス。手には学校指定のスポーツバッグ。仮病で学校を早引けして、当てもなく山手線に乗り込んだ。

遠くへ行きたい。東京を離れたい。そう思ったのに、乗ったのは山手線。まったくぼくらしいや、と思った。この電車は東京をグルグル回るだけ。自分の人生と同じだ。分かり切ったコースをひたすら回ってる。あるのは、なんの驚きもない見飽《みあ》きた景色だけ。

どこにも行けやしない。明日もおとなしく朝から学校へ行く。それがぼく、相川《あいかわ》祐仁ってやつだ。

ああ、でも家にも帰りたくないなあ……はーっと長い溜息《ためいき》をつく。住んでるのはわりと新しいマンションだけど、最近どんどん人が出て行っていて、雰囲気が暗い。なぜかというと、マンションの駐車場で事故があって、子供が一人亡くなったからだ。

その子の幽霊《ゆうれい》が出るという噂《うわさ》は聞いていた。ばかばかしい。祐仁が駐車場に行ったときに幽霊を見たことなんてもちろんない。だけど妙《みょう》に暗い駐車場だし、縁起《えんぎ》が悪いから引っ越したくなる気持ちは分かる。人気のあったはずのマンションが日に日に寂《さび》れていく。そんなところに帰るのはなんとなく憂鬱《ゆううつ》だった。

でも本当に憂鬱なのは、マンションじゃない。親の顔を見ることだった。

祐仁はまた溜息をつく。中三の二学期は果てしなく長くて永遠に終わらないような気がする。なんで十一月があるんだろ。十月のあとは十二月だったらいいのに。

それにしても……もう夕方か。外が薄暗くなってきた。最近めっきり日が短くなった。この時間は人がいっぱい乗ってるもんだけどな。祐仁は改めて車両の中を眺《なが》める。珍《めずら》しいこともあるもんだ、こんなに空《す》いてるなんて。となりの車両はどうなんだろう？　よく見えない。けど、だれも乗ってないなんてことないよな。

……まさか、このまま車庫に入るんじゃないだろうな。

不安を覚えて腰《こし》を浮かしかけたそのとき、電車が停《と》まった。

どこの駅だ？　祐仁はきょろきょろする。

山手線の路線図を頭に思い浮かべた。東京のど真ん中に円を描いて走っている、最もポピュラーな路線。駅の数はぜんぶで二十九。祐仁が乗った池袋は、円の中では北西に位置する大きなターミナル駅だ。たくさんの路線が乗り入れているから巨大で複雑。乗り降りする客の人数は、東京でも三本の指に入るはず。あの駅では、祐仁の他に何十人も電車に乗り込んできた。なのにみんないつの間に降りたんだろ？　寝てる間に、ぼくはどこまで来ちゃったのか。

プシューとドアが開いて、だれか乗ってきた。

黒ずくめの恰好《かっこう》をした子供だった。小学校の高学年ぐらいに見える。

祐仁はドアの外の景色を確かめようとした。だがよく見えない。ドアが閉まってしまう。

電車がまた動き出した。

窓の外を確認する。あった。駅名が書いてある看板だ。

祐仁は目をこすった。なんだ？……おかしいな。

〝地獄《じごく》〟って書いてあるように見えた。

乗ってきた子供が祐仁の目の前に立つ。吊革《つりかわ》につかまって祐仁を見下ろしてくる。

こんなに席が空《あ》いてるのに、なんだよ。祐仁は子供を睨《にら》んだ。

だが子供はニヤニヤしている。中学生をまったく怖がっていない。

祐仁は迷った。こいつ、どうしてくれようか。だけどなんだか気持ち悪いやつだ。関わらないほうがいいかも……すると目の前の子が言った。

「ようこそ六道輪廻線《ろくどうりんね》へ！」

声変わり前の高い声だ。

「命が経巡《へめぐ》る永劫回帰《えいごうかいき》の旅へご案内しよう」

「は？」

「まもなく、代々木〜、代々木〜〜」

黒ずくめの子供は変な節をつけて言った。

あ、次が代々木。ということは、いま停まった駅は新宿か。

池袋からは五つ目の駅、まだたいして来てない。それとも、寝てる間に一周しちゃったのかな？　いやまさか。

祐仁はちらりと子供の顔を見上げた。アナウンスの真似《まね》するなんて鉄道オタクだろうか。いや、ちょっと頭がおかしいのかも。意味の分からないことを言っていた。ろくどうなんだって？　えいごうかいきの旅ってなんだ？

変なやつと鉢合《はちあ》わせしちゃったなあ、そう思っているうちに、電車は代々木に停まった。プシューとドアが開く。祐仁はドアのほうを見た。

だれも乗ってこない。

おかしい。祐仁は戸惑《とまど》ってホームを見渡した。だってこんなに人がいるじゃないか。なのに乗ってこない。それどころか、電車のほうを見てもいない。まるで無視してる。

プシューとドアが閉じた。また電車は動き出す。

「まもなく原宿〜、原宿ぅ〜〜」

子供はずっとニヤニヤしている。祐仁の顔を見て楽しんでいるようだった。

祐仁は顔を上げるのが難しくなってきた。なにかおかしい……ひどい違和感が包み込んできて身体が強《こわ》ばる。電車はお構いなしに進んでいく。

でも、原宿。次こそは大勢乗ってくるはずだ。代々木とは違って、特に若者がよく乗り降りする駅だ。山手線にだれも乗ってこないなんてありえない。絶対に。

ドアが開いた。

だれも乗ってこない。

――こんなバカな。

脇《わき》の下が冷たい。いやな汗がじっとり流れている。

「降りる！」

ドアが閉じたとき、祐仁は言った。次の渋谷で降りる。それから逆方向、外回りの山手線に乗り換えて池袋に引き返す。家に帰りたい。

「降りるのかい？　まあきみの自由だがね」

子供のニヤニヤ笑いは変わらない。祐仁は目を背《そむ》けた。本当に不気味《ぶきみ》なやつだ……でもどうせ次の駅まで。我慢しよう。こいつとは喋《しゃべ》りたくない。

やがて、窓の外に１０９や、スクランブル交差点が見えてくる。着いた、渋谷だ。祐仁は腰を浮かす。子供にぶつからないように身をよじって立ち上がると、ドアのほうに向かう。

電車が停まる。プッシューとドアが開いた。

だが祐仁の足は動かなかった。

そこは見慣れた渋谷駅ではなかった。いや、駅ですらなかった。

ホームがない。屋根もない。人の数だけはいつも通りすごいのに。

祐仁は目を疑う。おしゃれな恰好の若者が多い。いかにも渋谷に集まる人たちだ、ところが——異様だ。

お腹《なか》が膨《ふく》らんでる。全員のお腹が。

手足は妙に細い。まるで骨。顔色もおかしい。健康そうな顔が、ただの一つもない。

赤らんでいたり、死体のように青かったり——

すべてが化け物。それが何百人といる、いや何千と。

祐仁の身体はまったく動かないのに、目が勝手に動いた。

化け物たちの向こうにスクランブル交差点が見える。テレビの天気予報やなんかでいちばんよく見る景色だ。いつも通り、何千人もの人たちが歩いている。その人たちも……みんな化け物。

ぼくは悪い夢を見てる。痺《しび》れる頭で、そう考えた。

だって看板が見える。電車からよく見えるように、これ見よがしに掲《かか》げてある。

〃餓鬼《がき》界〃

と。

「渋谷に餓鬼はぴったりだよね」

黒い子供が言った。

「どこまでいっても満たされない欲望を追い求める街。見てよ、お互いを食い合ってる」

本当だった。その子が言った途端《とたん》、見たくないものまで見え始めた。

化け物たちはただ歩いているのではない。不気味な顔をニタリとゆるめたかと思うと、お互いの腕や足に噛《か》みついて……頭を振っている。噛みちぎろうとしている。

あちこちで共食いが起きている。

祐仁は目を逸《そ》らした。これは夢なんだから、見たくないものからは目を逸らせばいい。簡単なことだ。怖くはない。だけど早く目を覚ましたい。

「これは夢じゃない」

黒い子供が言った。

「きみは、貴重な旅を始めたばかりだ。そしてぼくは案内人」

祐仁は、軋《きし》む首の骨をどうにか動かして、子供のほうを見た。楽しくてたまらないという顔をしている。

「あ、案内人？」

「ぼくがだれだと訊《き》きたいんだろう」

子供は嬉々《きき》として問いかけてくる。

「だれだと思う？　こういう黒ずくめの服を着てると言ったら、相場《そうば》は決まってるよね。さあ言ってみよう」

祐仁は言いたくなかった。言ってしまったら、本当になってしまう。子供はもどかしそうに首を傾《かし》げて、祐仁の顔を覗《のぞ》き込んでくる。祐仁は頑《かたく》なに口をつぐんだ。すると子供は、声は出さずに口だけを開けた。

パッ、クッ、パッ。

三つの音。間違いない、と祐仁は思った。だからこそ言いたくない。絶対に。

「あ・く・ま！」

子供は痺れを切らして、自分で言った。

「きみはなんて幸運なんだろう。生きている身で、こんな旅ができるものではないよ。

きみは山手線の真の意味を知る。東京の本当の姿を見る。そして、人間の運命というものを理解するんだ。いやというほどね」

こいつやっぱり頭がおかしい。祐仁の身体は自然に後ずさりしていた。子供とは逆のほうへ。もう一秒だってこいつのそばにはいたくない。バネが弾《はじ》けるような勢いで駆《か》け出した。となりの車両へ避《ひ》難《なん》する。

ところが——となりの車両にもいた。

同じ黒ずくめの姿。同じ顔をした子供が。

吊革につかまって、ニヤニヤ笑って祐仁を待ち受けていた。

ああ——と力が抜ける。後ろを振り返って確かめた。だれもいない。

一瞬でここへ——

悪魔。

まさか、ほんとうに？

「この電車の車掌《しゃしょう》はぼくだ。すべてはぼくの意のままになる。勝手は許さない」

ガクン、と祐仁の身体がぐらつく。ドアが閉じ、電車が走り出したのだ。たちまちスピードを上げ始めた。

次の駅が近づいてきても減速する気配がない。窓の外を見る。

恵比寿《えびす》を通過した……祐仁はあっけにとられて、遠ざかる駅看板を見送った。

山手線って各駅停車だったよな？　たぶん自分が生まれる前から。

「間をすっ飛ばそう。輪廻のすべてを見せてやる」

悪魔少年の顔から一瞬、笑みが消える。

「予想して。次に着くのはどの駅か」

電車は目黒を越え五反田を越えた。電車はいまや、信じられないようなスピードで走っている。

「さあ、答えて。次の停車駅は？」

答えられるはずもない。まったく頭に浮かばなかった。スピードが異常すぎる。これもう、新幹線並みじゃないか？　あっという間に大崎も越えた。次は……品川のはず。

電車はようやく減速し始める。次に停まるようだ。

「時間切れだな。きみは知らないか」

少年はわざとらしい溜息をつきながら言った。

「人間の旅路について。来《こ》し方行《ゆ》く末について、もう少し考えたほうがいい」

電車は粗末《そまつ》なホームに入った。新幹線も発着する大きな駅なのに……祐仁が知る品川駅ではない。

ホームの形は留《とど》めているが、屋根はない。だから市街地まで見渡せる。

大きなビルは一つもなかった。木やトタンで作った小屋のような建物が点在しているだけだ。

その建物の間を行き来する、たくさんの人々……いや。

人？　形こそ人だが、よく見ると……

異常な生き物だ。

祐仁は一人一人に目を奪われた。それはどうやら……

牛、豚、羊、馬。家畜《かちく》のたぐいだ。それらが、人間の姿をしている。

人間と動物が混ざっている。

額《ひたい》から牛の角が盛り上がっている人。豚の鼻を持った人。羊のようにモコモコの白い毛を生やした人、馬のたてがみと長い尻尾《しっぽ》を持った人……祐仁は気づいた。なんと、イルカやクジラまでいる。海を泳ぐ流線型の身体に、人間の手足が生えている。地面に横たわって苦しそうに痙攣《けいれん》していた。陸上でも水中でも生きられないように見えた。この世に存在してはならない生き物だ。頭の芯《しん》が痺《しび》れて視界が揺《ゆ》らぐ。

「畜生界《ちくしょう》〜、畜生界〜〜〜」

楽しそうな声が、悪魔少年の口からだけではなく、車内のスピーカーからも流れ出る。

「生物学的なぼくらの仲間、哺乳類《ほにゅうるい》たちが勢揃《せいぞろ》いだ。ぼくらがよく口にする動物たちだね。食べれば食べるほど遺伝子が混じり合ってこんな姿になるんだよ。分かりやすいねえ。自分がなにを食ってきたか一発で分かるんだ。さて、きみがこの駅に降り立ったらどんな姿になるかな？　きみがいちばん好きな動物はなに？」

祐仁はむろん答えられない。胃の辺りが躍《おど》っている。自分の内臓がまるで別の動物のようだ。昼に食ったものを吐《は》き出したかった。

これがぜんぶ、もとは人間だというのか。食べた動物のせいでこんな姿になってしまった……どの動物人間も、虚《うつ》ろな目をしてうろうろ歩き回っている。それこそ動物のように、本能のままに。

この街に降りたら、ぼくもこんな生き物になってしまうのか？

「知らないかな？　ここは動物にはゆかりの深い街だ。動物を一口でも食べた人間は、ここに来なくてはならない。自然とやってくるやつらも多いけどね。動物のように本能に任せて生きてる連中さ。人間らしさに重きを置かないやつら。人間らしさを捨てたやつらにぴったりの街ってわけだ。でも、人間らしさっていったいなんだろう？　きみは人間かい？　それとも動物？」

電車のドアは全開状態だが、有り難いことに動物人間たちはこの電車に気づいていないようだ。他の駅と同じだった。

この電車は透明なんだ。外の連中からは見えない。

祐仁はもちろん降りない。こんな駅ぜったい降りるもんか。祐仁はシートに座ったまま動かなかった。腰さえ浮かさない。

少年は満足げに祐仁の様子を見やると、言った。

「ここもお気に召さないか。では次の世界はどうだろう」

ドアが閉じ、また走り出した。田町、浜松町、新橋。オフィスビルの多いビジネス街をあっという間に過ぎていく。

通過する駅はどれもふつうの駅に見えた。ホームにいる人間たちにもおかしなところはない。だからここは、やっぱり東京ではあるんだ……でも異常。電車はいまやほとんど揺れなかった。レールの上を走っている感じがしない。宙に浮いてるのか？

——大きなターミナル駅ごとに、なにかあるんだ。

有楽町駅を過ぎたところで祐仁は確信した。

だから、次の東京駅にはなにかある。

勘《かん》は当たった。駅に入る前に、音が響いてきた。

低い、腹に響くような轟音《ごうおん》だ。遠くから地面を這《は》うように伝わってくる。

するといきなり近くで、爆発するような音。激しい光のフラッシュが目に飛び込んでくる。窓の外が真っ白になって祐仁はまばたきを繰り返した。

だんだんと、信じられない光景が見え始める。

大勢の人間がもみ合っている——とてつもない数だ。何千、いや、何万という人。

一人一人がなにか持っている。それを振りかざしてぶつかり合っている。祐仁は目を奪われた。全員が武器を持って闘っている！　刀、槍《やり》、棍棒《こんぼう》。それから斧《おの》、鎌《かま》、薙刀《なぎなた》もある。木刀、警棒、ハンマー、ナイフ、金属バット……ありとあらゆる凶暴な道具を見ることができた。ドリルやチェーンソーまで見える！

よく見ると、武器ではないものを武器にしている者も多い。イス、電気スタンド、掃除機《そうじき》、ビニール傘《がさ》、ハンガー、どこかの店の看板。相手を傷つけるためならなんだっていいらしい。

広い広い平野に広がる合戦《かっせん》の光景――どの顔も獣《けもの》じみた闘争本能を剝《む》き出しにして、目の前にいる人間と武器をぶつけ合っている。中には兵士の恰好をして、銃やバズーカを持っている人もいる。ときどき火を噴いて、少し離れた場所で爆発が起こる。人間が吹っ飛ぶ。

「修羅《しゅら》界〜〜〜、修羅界〜〜〜」

悪魔少年はいささか厳粛《げんしゅく》な面持《おもも》ちになった。

「かつてはこの駅に銅像が聳《そび》え立っていた。若い兵隊たちはここへ来て、〝軍神〟と呼ばれた中佐の像を仰いで、心を奮《ふる》い立たせて戦地へ向かった。軍事力で世界を征服できると思い込んでいた時代もあったんだよ。この国は、今じゃすっかり、戦争なんか他人事《ひとごと》だと思ってる人間ばかりだけどね。甘いね。人が戦争を始めることの、なんと簡単なことか！」

黒ずくめの子供ははしゃぐように両手を振り回した。

「見たまえ、この街では戦火が絶えない。他人への不満がすぐ殺意になる。嫌いだ、お前なんかいなくなれ、そういう気持ちがそのまま武器に早変わりする。そしてたちまちぶつかり合うんだ。これが人間の本性だよ！　平和なんて、ウソで塗り固めた仮の宿に過ぎない。闘争が人生の正体だ。殺し合いこそ生きることだ」

悪魔の口許《くちもと》がほころぶ。

「先の大戦を、身をもって憶《おぼ》えている人たちが生きてるうちは、まだいい。彼らが慎《つつし》みを教えてくれるからね。でもまもなくだ。だれもいなくなってしまう。人はまた喜んで武器を取る。そして近くの人間に向けるだろう。本性を取り戻すんだよ。この街だけじゃない。日本中がこうなるさ」

祐仁は、言われる意味もよく分からない。ただただ圧倒されていた。

平野の彼方《かなた》、地平線のほうに目を惹《ひ》きつけられた。信じられないものがある――

とてつもなく巨大な影。

人の形をしている。だが、腕が六本ある。それが絶えず動いて、人々に指示を送っている。闘い合う人々の後ろにいて、闘いを指揮しているのだ。

六本腕の巨人は、三人もいた。それが平野に均等に並んで、自分の軍に号令をかけている。人々は三つどもえで闘っているのか。だが祐仁には、だれがどの軍か見分けがつかなかった。きっと闘っている人間同士もそうだ。敵も味方も入り交じって滅茶《めちゃ》苦茶《くちゃ》。こんなので、勝利も敗北もあったもんじゃない。

「王たちは休むことを知らない。敵を殲滅《せんめつ》するまで、自分の軍がたった一兵になろうとも闘い続けるんだよ」

悪魔はいまやニヤニヤ笑いの塊《かたまり》だった。祐仁に向かってまくしたてる。

「殺さなければ殺されるって、なんて純粋《じゅんすい》なんだろう！　だから阿修羅王《あしゅらおう》はあんなに美しいのさ。人間の究極の姿と言っていい。最も根源的な〝殺す〟を突き詰めるとああなる」

祐仁は黙っている。言葉がなにも思い浮かばない。身体の芯が痺《しび》れて動けない。

「ここでも、きみは降りない」

悪魔はとっくに分かっていた、というように頷《うなず》く。

ドアが閉まった。そしてまた走り始める。

「この旅も半《なか》ばを過ぎた」

悪魔少年は吊革を握り直した。

「この国の都《みやこ》を守るかのように、円を描いて――まあ、実際は楕円《だえん》というか、逆三角形にも近いけど――毎日同時に五十本もの鶯《うぐいす》色の車両が巡ってる。それがこの路線だ。だがそれは人間にとって救済なのか？　それとも、人間を六道に閉じこめておく呪《のろ》いの鎖《くさり》なのか」

祐仁はふっと相手の顔を見た。言葉の意味は分からない。だが、なにか心に触れるものがあった。

子供の姿をした悪魔は、悪魔にふさわしい笑みで祐仁の視線を受け止めた。

「さあさあ、きみにふさわしい駅はどこかな？　果たして、正しい駅で降りられるだろうか。それとも永遠に回り続けるのか」

祐仁は顔をそむけた。身体が細かく震えている。腰から下にまったく力が入らない。

次はどんな恐ろしい世界が待っているんだろう。

神田、秋葉原、御徒町《おかちまち》……下町情緒を残す駅たちをまたたく間に通り過ぎる。

そして上野が近づいてくる。上野！　ここには絶対なにかある。

祐仁は目を閉じたくなった。これ以上の悪夢は見たくない。

電車がなめらかにホームにすべり込む。プシューとドアが開く。

「人間界〜〜〜〜。人間界〜〜〜〜〜」

少年が平淡《へいたん》な声で言った。

「人間界？」

祐仁はパッと目を開けて窓の外を見た。

そこは見慣れた上野駅だった。

ぼくの世界じゃないか！　降りよう！

あわてて立ち上がってドアの外の景色を確かめる。違和感はない、人間の姿もふつうだし、ふつうの上野駅だ——

祐仁は足に力を込め、ドアから飛び出そうとした。

ドアが目の前で、シュッと一瞬で閉まってしまう。

祐仁は悪魔少年を振り返った。

「なんで!?」

「つまらないだろ」

相手は口の端をひん曲げている。

「上野は人情の街。この駅で出会いと別れが積み重ねられてきた。人間くさい街、まさに人間界……でもこの旅はまだ途中だ。一周だってしてないんだぜ。ここはしばらく通過駅にさせてもらう」

問答無用だった。そしてまた電車は走り出す。

上野駅がたちまち去っていった。祐仁は、気が抜けたようにシートに座り込む。鶯谷《うぐいすだに》、日暮里《にっぽり》、西日暮里……山手線のいちばん北の部分、ちょっと庶民的なイメージのある駅たちを、また素通りしていく。

まもなくこの異常な山手線は一周する。祐仁がいちばんよく使う池袋駅が近づいている。

電車がゆるやかに坂を登り始めていることに、祐仁は気づいた。

こんなところに坂などあるはずがない。だが電車はあからさまに傾いている。進行方向に向かって角度を増している。

祐仁は窓の外を見た。電車が向かう先のほうを。

大塚駅を越えると、見たこともない光景が窓の外に広がり出す。光が空を覆《おお》っている、それは――オーロラだった。昼の空に白いオーロラが、巨大なカーテンのようにたなびいている。

その下に街が見えた。

白く輝く建物が建ち並び、白く輝く服を着た人々が行き交っていた。彼らは笑顔で歩いている。ときどき、ふわっと宙に浮いたりしている。空を飛べるらしい。祐仁はもう、そんなことでは驚かなかった。

「天界〜〜〜。天界〜〜〜〜」

少年はつまらなそうな声でアナウンスした。

天界だって？　天国ってことか？

祐仁は目を凝《こ》らして観察した。どの人も幸せそうに笑っていた。ここに住んでいることに満足している顔だ。

「ここは、六道輪廻の中でも最もいい場所とされている。もちろん人間界より上。苦しみの少ない、神に近い〝天人〟たちの住まう国。だが本当にそうかな？」

少年の言うとおりだった。この町の人々の姿は、たしかに神々《こうごう》しい。

だが祐仁は、なんとも言えない違和感を覚えたのだった。顔を好きになれない。うまくは言えないが……嘘《うそ》っぽかった。笑顔を浮かべていない人が一人もいない。みんなまったく同じような笑顔だというのが、どうしようもなく異様だ。そう感じた。

「こんなところが、いちばんいい場所？」

祐仁が疑り深い言い方をすると、悪魔少年はなぜか嬉《うれ》しそうにした。

「そう言われてる。だがあくまで、六道の一世界に過ぎない。ゴールではないんだ。ずっとここにいられるわけじゃない。天人にも死がある。そしてまた、ほかの六道のどれかに生まれ変わるんだ。生前の行いによって行き先は変わる。結局、輪廻の輪を外れることはできないのさ」

祐仁は思案した。ここはほかの、地獄のような世界とは違う。化け物はいないようだ。ちょっとインチキくさいが、過ごしやすそうな世界には見える。

でも、ここで降りていいのか？

「降りたければ降りるがいい」

今度は悪魔は、そそのかした。

祐仁は動かなかった。

——ここはぼくの世界じゃない。

祐仁は悪魔に視線を向ける。悪魔はフフン、と言った。

ドアが閉じ、電車は再び動き出す。

祐仁はほっと息を吐き出した。シートに身体をもたせかける。

ふいに、しんとした悲しみが身体に沁《し》み込むのを感じた。

どうしていままで気づかなかったんだろう。

でもそういうことなのか。祐仁は低い声で、悪魔少年に訊いた。

「ぼくは……死んだんだね？」

だからこうやって、死んだあとに行く世界を巡っているのか。

この子供は、死神か。

「どう思う？」

相手は訊き返してくる。

祐仁は首を傾げた。自分が死んだ覚えがない。

今日は確かに学校に行って、早退したいと教師に告げて、池袋駅から山手線に乗った。その間、事故に遭った記憶もないし、だれかに襲われたりもしてない。突然死するような病気も持っていない。電車の中で居眠りしてただけだ。目が覚めたら、こうなっていたのだ。

なんで一周したら池袋が天界になってるんだ？

夢じゃない。こんなに長くてメチャクチャで、リアルな夢なんか見たことない。

電車は進んでいる。何事もなかったかのように二周目に入っている。

目白、高田馬場、新大久保。雑然とした街並みを通り過ぎる。

そして……この黒い子が乗り込んできた駅に着く。

「地獄界〜〜〜。地獄界〜〜〜」

祐仁は恐る恐る、開いたドアの外にある光景を見る。

だが、ふだんの新宿駅と変わらない。

まるでただの人間界だ。ここが地獄？

悪魔少年は満足げな顔で言った。

「ホーム・スイート・ホーム。ぼくの故郷《こきょう》だよ。見た目はどうあれ、立派な地獄だ。さて、これで一巡り。人間はこの円環から出られない。解脱《げだつ》しない限り」

「解脱？」

「悟《さと》りだよ。ブッダとか、ごく限られた人間だけがなしえたことだ。きみにできるかな？　それとも、一千万の都民と同じように閉じこめられ、回り続けるだけか。東京にはすべてがある。六つの世界を回り続けて、都民は一生を終える。迷妄《めいもう》の闇《やみ》に沈んだまま塵《ちり》に還《かえ》るんだ。湧《わ》いては消え、湧いては消え……無情だね。だれひとり、勝つことはない。勝ち目のない、終わりもないゲームを延々《えんえん》と繰り返してる」

祐仁は、相手の物憂《ものう》げな眼差《まなざ》しに惹《ひ》きつけられた。

「もう分かっただろ？　なんのことはない、この電車は人生そのものだ。人間の運命を、分かりやすく見せてやってるだけだよ。気がついたら乗り込んでいた。そして、電車の行くままに行くしかないんだ。それが人生。電車から飛び下りる自由もあるがね。それが死だ。さあ、きみはどうする」

「助けてよ」

祐仁は言った。もう耐《た》えられない。

「家に帰りたい」

ただ感情をぶつけるしかなかった。子供のように。

黒ずくめの悪魔はやれやれ、という感じで肩をすくめた。

「なんだ。東京から逃げ出したいんじゃなかったのか？　だからズルして学校早引けして、この電車に乗ったんだろ？」

そして顔を近づけてくる。

「きみにはつきあってもらうよ。永遠にね」

ドアが閉じた。電車はまた走り始める。

悪魔を名乗るこの子供は、自分を逃がさない。

「もういやだ」

祐仁は泣きべそをかいた。

「次で降りる」

「降りられるもんなら降りてみな」

目の中に火が燃えている。細かい橙《だいだい》色がはらはらと散っている。

ハッとして窓の外を見ると、火の雨が降っていた。

暗くメラメラと燃える小さな火が、途切れなく降りつづいている……駅の看板が見えた。

〝ソドム〟。少し離れて、〝ゴモラ〟。

どこかで聞いたことのある名前。滅《ほろ》び行く罪深き町々。

「この電車はぼくのものだ。だれも、ぼくの許可なしに乗って来れないし降りることもできない。こんな特等車めったに乗れないんだ。分かってるのか？　こんないい眺めないぞ！」

街中の建物に火がついている。建物から人が飛び出してきた……背中が、頭が燃えている。この街は焼き尽くされようとしている……天からの怒りの炎で。

祐仁は頭がおかしくなりそうだった。

離れていく劫火《ごうか》の街から目を逸らし、頭を抱えて電車の床を見つめる。もうなにも考えられない。

静かに電車が停まる。プシューとドアが開く。

どこの駅だか確かめる気もしない。なにひとつ見たくない。

「あれ？」

という声が聞こえた。

祐仁は顔を上げた。風を感じたのだった。今までは感じなかった風を。

男が一人、ドアの辺りで立ち尽くしているのが見えた。

よれよれのシャツを着た、痩《や》せた男。二十代半ばぐらいに見える。

電車の中に乗り込んできて、訝《いぶか》しげにこっちを見る。祐仁と黒い子供を。

祐仁は悪魔少年の顔を見た。ぽかんと口を開けている。それから、目の端をつり上げた。

「だれだキサマ！」

吊革から手を放し、乗ってきた男に近づいてゆく。怒鳴《どな》りつける。

「だれの許可を得て乗ってきた！」

男は、それには答えないで天を仰《あお》いだ。

「師匠！　今度はなんですか？」

疲《つか》れ切った声だった。

「さすがにバテてるんですが！　ちょっとぐらい……休ませてもらえないんですか？」

答えはない。どこからも。

男はあきらめたように首を振る。

「スパルタだなあもう……」

ぼやきながら歩き出す。祐仁にはまったく意味が分からなかった。目を奪われていると、男はシートに座り込んだ。

そしていきなりごろんと横になる。祐仁の斜《なな》め前で。

仰向けになって目を閉じる。そのまま動かない。
胸が静かに上下している。
……寝てしまった。
いったいなんなんだ？
あっけにとられて見ているしかなかった。またおかしなやつが乗り込んできた……
だれに話しかけてた？　師匠ってなんのことだ？
祐仁は目を上げて、悪魔少年の顔が変わっているのに気づいた。
強《こわ》ばっている。額《ひたい》に汗が光っている。鼻の下にも。
悪魔は突っ立ったまま、寝ている男を見ているだけ。近寄ろうとはしない。
この男を恐れているんだ。
祐仁はもう一度、期待を込めて男を見た。ぼくを助けに来てくれたんじゃないのか？
だがやっぱり、正体なく寝ているだけだ。頼もしさは感じない。
グウウ……といういびきまで聞こえてきた。
これはなんなんだ、と祐仁は眩暈《めまい》がした。またなにも考えられなくなる。
いつの間にか電車は走り出している。凄《すご》いスピードで畜生界や修羅界を通り過ぎてゆく。

「おい、となりの車両に行くぞ」

悪魔少年は言った。むっつりした顔には凄《すご》みがあった。祐仁は仕方なく従う。黒ずくめの小さな姿の後ろについてとなりの車両に入り込む。

立ちすくんだ。

祐仁は、黒い子供の見ている先を目で追った。

若い男が寝ていた。

——同じ男だ。

悪魔が顔色を失った。

さっきのぼくと同じだ、と思った。先回りされたんだ。

悪魔少年は吊革をつかんで黙り込んだ。寝ている男に背を向けて。

祐仁はシートに座った。少年と男の中間あたりに。

この男はいったい……でも寝ているだけ。

悪魔少年にかける言葉もない。祐仁は虚ろな目で、窓の外を見た。

二周目は一周目とは様子が違う。ふつうの駅はひとつもない。出ている看板も、アーカム、無想天《むそうてん》、キャッスルロック、邪馬台国《やまたいこく》、インスマウス、煉獄《れんごく》、エンズヴィル、杜王町《もりおう》、グリーンタウン、辺土《リンボ》、アルクトゥルス、兜率天《とそつてん》、ガンダーラ、等活地獄《とうかつじごく》、オリュンポス……脈絡《みゃくらく》がない。見覚えがある名前もあるが、ほとんどは見たこともない町の名前。そして、見たこともない風景が現れては遠ざかってゆく。

もはや電車は完全に、この世を走っていない。

もう帰れないのか？　諦《あきら》めと絶望が静かに、祐仁の両肩に載《の》ってくる。

悪魔少年はときどき、目の端でちらりと寝ている男を見た。表情は強ばったままだ。決して男に近寄ろうとしない。

やっぱり怖がってるんだ。

祐仁も思わず期待して見るが、何度見ても頼りなさそうだ。寝顔が無防備すぎる。無駄《むだ》な期待はよそう。この男、ずっと寝たままかも知れない。

「見ろ！」

黒ずくめの子供は気を取り直したように、窓の外を指さした。祐仁だけを相手にすると決めたようだ。

「バベルの塔だ！　すげー高いだろう！　スカイツリーなんか目じゃない、てっぺんが見えないぜ……見ろよ、見ろって！　なんで見ないんだよ？　人間はかつて本気で天に手を届かせようとした！　建った都市はバビロニア、大淫婦《いんぷ》バビロンだよ……あらゆる悪徳の吹き溜まり。罪の塊だ、人間は、種の始まりからそうだった」

「うーん」

声がした。

寝ていた男だ。

悪魔が口をつぐむ。男のほうを見た。

男はシートに上半身を起こして、両手を上げて伸びをしていた。目をつぶったままあくびする。それから言った。

「いい加減《かげん》にしたらいい」

男はまだ眠そうだった。まぶたが重い感じで、この電車に乗ってくる前はよほど疲れていたようだ。だが——頬《ほお》につやが戻っている。短い間に深く眠ったようだ。

「ぼくは日下慎治《くさかしんじ》。きみ、名前は？」

悪魔少年は答えない。

「悪ふざけにも限度があるよ。退屈だったのか淋《さび》しかったのか知らないけど、彼を巻き添えにしちゃいけない。ええと、きみは？」

日下慎治という男は、祐仁のほうを見た。

「ぼ、ぼくは相川祐仁です」

「相川くん。えらい子に見込まれちゃったね。だけどそれは、きみに感じる力があるからだ。それで彼は嬉しくなっちゃったんだね。相手をしてほしいんだよ」

祐仁はわけの分からないままに頷いた。男の言葉は妙な説得力で心の中に入ってきた。

「きみ。名前を教えてくれないかなあ」

日下慎治はまた問いかけた。

悪魔に名前があるんだろうか。祐仁が見やると、顔色が悪い。唇を噛みしめてだんまりを決め込んでいる。

「この子、悪魔だって」

祐仁が言うと、

「そんなの嘘だ」

日下慎治は取り合わない。

「悪魔は自分から名乗らない。そんなマヌケはいないよ。っていうか、悪魔なんかいない。自分でそう思い込んでるだけだ。この子は人間だよ」

日下慎治は終始《しゅうし》穏やかな顔だった。よく言えば優しい。悪く言えば緊迫《きんぱく》感がない。

だが祐仁は、おかげで自分が落ちついてくるのを感じた。

「なあ。きみは強い力を持ってる。だからこんな電車を仕立てて、走らせることができる。だけどやってることって言ったら、相川くんをいじめることだけ。もっと有意義なことに使おうよ」

喋《しゃべ》っているうちに慎治の顔はしゃんとしてきた。短い眠りは確実に身体をリフレッシュさせたようだ。活力が湧いて出てくる。

「話を聞くよ。さまよっているのはきみ自身だろ。ここから出ていきたいんだ。なのにできない。自分の居場所が見つからないんだ。でも——ぼくもそうだよ」

慎治は両手をシートについて、窓の外を眺めた。妙にのんびりした空気が漂う。

「ぼくらはみんな同じ悩みを抱えてる。導き手になかなか出会えない。信頼して、ついていけるような人にはね。ずっと一人で迷ってるのはたしかにしんどいさ」

ふわっと笑う。

「だけど、すべての人間が旅人なんだねえ。安住の地なんてない。だから、きみの電車は、ある意味正解だ。なかなかのセンスだと思うよ。山手線を、六道輪廻に見立てるなんてね。いつの間にぼくらはこの円環に乗ったんだろう。どうやったらここを外れて、他の場所へ行けるんだろ。難しいね。ほんとに難しい」

日下慎治の言葉は、この車両の中に、今や車内アナウンスより自然に響いていた。祐仁の胸に沁《し》み入ってくる。

いまや電車はジェット機並みの速さで走っている。闘いの音が、阿修羅の巨大な腕が近づいては消え、無気力な目をした獣人たちがわらわらと集まってきては散り散りになり、天人たちが空を羽ばたいて集まっては消え、背徳《はいとく》の都市に火の雨が降り込めていた。遠く地平線には、見たこともない闇の化け物たちと、想像したこともない星雲の美しいきらめきが同居している。

「これがきみの心象風景……きみの目から見た東京か。なかなか的確だ。ぼくはそう思う」

「なんで乗ってきたんだアンタ」

悪魔は初めて、男に向かってまともに口をきいた。

「ぼくの電車に勝手に乗ってくるなんて無礼じゃないか」

「悪かった」

慎治は素直に謝った。

「だけど、ぼくだってびっくりしたさ。ふつうの電車だと思って乗ったんだよ。しんどい仕事が終わったばかりで、寝床《ねどこ》に戻って寝ることしか考えてなかった。だけど……きみがぼくを呼び寄せた」

「ぼくはアンタなんかお呼びじゃない」

「いや。きみが呼んだんだと思う。師匠は間を取り持っただけだ」

日下慎治は強く頷いた。そして、子供を見つめる。

「相談に乗るよ。そのためにぼくはここへきた」

助けてほしいのはぼくなんだけどなあ、と祐仁は言いたかったが口を閉じていた。

すると、察したように慎治が祐仁を見る。

「相川くんは降ろしてあげよう。可哀想《かわいそう》に、驚きすぎてぽかんとしちゃってる」

悪魔少年は答えない。聞こえていないかのようにあさってを見ている。

「そうか、相川くん」

日下慎治はふいに、祐仁のほうに身体ごと向き直った。

「きみにも悩みがあるんだね。それで、弱ってるところをつけ込まれた」

祐仁は眩暈を感じた。

あんたがいるからいけないのよ！

瞬時にあの声が甦《よみがえ》った。おととい、この耳に突き刺さった音。引き裂《さ》くような女の声。

いや、引き裂かれたのはぼくの心だ、と思った。

なんであんな罵声《ばせい》を浴びせられなくてはならないのか。初めて会う女に。いまになってむらむらと怒りが湧いてくる。思い出すだけで、ちょっと涙がにじむほど悔しい。ぼくはなんにも悪くないのに！

「なにがあったの」

慎治の優しい声に、祐仁はすんなり答えていた。

「親父《おやじ》の愛人に怒鳴られました」

一度唇を噛み、続けて言う。

「離婚協議が進まないのはぼくのせいだって」

「それは……つらかったね」

慎治は眉毛《まゆげ》を八の字にする。

それを見ながら、祐仁は実感した。いまさらのように。

父さんと母さんは離婚する。

それでいい、と思ってるのに。ぼくは反対したことなんかないのに。

あの女は、父さんが母さんと離婚しないのは息子のぼくのせい。勝手にそう思い込んで、わざわざ家の近くで待ち伏せしてぼくを捕《つか》まえた。ひとこと言わなくちゃ気が済まなかった。あのクソ親父また適当なことを言ったんだ、協議が進まない理由をぼくに押しつけた。あんなやつとっくになんの期待もしてない、父親だとさえ思ってないこっちから勘当《かんどう》だ、早く縁を切りたいくらいだ。なのにこんな目に遭う。

「きみの父親も地獄行きだ。泥《どろ》の底を這《は》い回って死ぬんだ」

悪魔少年がぶすりと言った。

「適当なことを言うんじゃない」

慎治がぴしゃりとたしなめた。

「相川くんも苦しんでるのに、どうしてそういうことを言うんだ。心が痛まないのか」

「だって……だって」

悪魔は一瞬、駄々《だだ》っ子みたいな様子になったが、あわてて怖い顔になる。

「ぼくは悪魔だ。悪魔に心などない」

「まだそんなことを言ってるのかい」

慎治は、迷子の犬を見つけたときのような慈愛《じあい》に満ちた顔をしていた。じっと相手に目を当てる。

「なんでも言ってくれ」

その声は、真心の塊みたいだと祐仁は思った。

「相談するに値《あたい》する人間がいる。この世に。それが分かった時点で、悩《なや》みの半分以上は解決だ。そうは思わないか？」

黒い子は黙っている。

「本当にいるかどうかは分からないよ。安請《やすう》け合《あ》いするつもりはない。そして、ぼくがそういう人間になれるかどうかは分からない。それに値するかどうかも。だけど、なりたいとは思ってる」

祐仁は分かり始めた。この人は、びっくりするほど真《ま》っ直《す》ぐなんだ。だれかを助けたい、心の底からそう思ってる人だ。

「だから、彼を解放しよう。相川くんはもう限界だよ。降ろしてあげよう。で、二人でゆっくり話をしよう。とことんまでつきあうから」

すると、相手の様子が変わった。

祐仁はひっくり返るほど驚いた。なんて素直な表情。頼るような、壊れそうな眼差し。

この子はもう悪魔じゃない。

目にも留まらない速さで動いていた車窓の風景がゆっくりになる。電車はみるみる減速し、停まった。

プッシュー、と電車のドアが開く。

慎治が頷いた。

「相川くん。もうだいじょうぶ。降りられるよ」

「あ……」

祐仁は腰を浮かした。

ドアの外には、見慣れた新宿の駅がある。

祐仁は慎治を振り返った。自分だけ降りていいものだろうか？

「ぼくらのことは気にしなくていい」

慎治はにこやかに言った。

「お疲れさま。元気でね」

軽く手を上げる。

「あの、日下さんも」

祐仁は頭を下げながら言った。

「ありがとう」

祐仁はドアから足を踏み出し、ホームを踏みしめた。

両足がしっかり、地面の上に立つ。

背後のドアが静かに閉じた。

祐仁は振り返る。電車が、走り出した。

二人の姿はちらっとしか見えなかった。やがて電車は、行ってしまった。

ホームに立っているサラリーマンが、訝しげに祐仁を見ている。

ん？　こんな学生いたか？　とでも言うように。

ぼくがいきなり現れたように見えたのか。やっぱりあの電車は見えなかったんだ。

胸の底から息を吐く。ぼくはもとの世界に戻ってきた──少し冷たい秋の風を頬に感じる。間違いない、十一月の東京だ。

空を見るとまだ少し、明るさが残っている。信じられない。

あの電車にはずいぶん長いこと乗っていた気がした。でも実際には、たいして時間が経っていなかった。頭がふわふわしている。家に帰ろう、とぼんやりとは思うのだが、足が動かない。祐仁はその場に突っ立っていた。

次の電車がホームに入ってくる。プッシュー、とドアが開いた。

「あれ、相川くんまだいたの」

日下慎治が降りてきた。

祐仁は声も出ない。慎治の後ろから降りてきたのは、黒ずくめの子供だった。

絶句している祐仁を、上目づかいに見る。

「やっと名前を教えてくれたよ。この子は、神木田朗《かみきだろう》くんだ」

慎治はにっこりする。黒い子供は恥《は》ずかしそうにうつむいた。

「相川くんが降りてから、この電車、十周ぐらいしたかな。朗くんはやっと心を開いてくれたよ。この電車にはもう、だれも乗せないってさ」

電車のドアが閉じる。静かに走り出した。

……行ってしまった。今度こそ。車掌を置いて。

神木田朗は未練《みれん》げもなく見送っている。慎治が言った。

「朗くん、家まで送るよ。近くなんだろう？」

朗はかすかに頷いた。

祐仁はあっけにとられた。悪魔を名乗ったあのふてぶてしい子供が、いまはどこにでもいる小学生だ。自分だけの電車を仕立て上げ、存在しない世界まで仕立て上げて祐仁を引っ張り込んだ。連れ回して怖がらせた。

なんて子だろう。祐仁の様子に気がついて、慎治が頷く。

「この子はすごい力を持ってる。正しい導き手が必要だ」

朗が目を上げて慎治を見た。

慎治が促し、朗が歩き出す。祐仁はあわてて言った。

「あのっ、ぼくもついていっていいですか」

朗が振り返って祐仁を見た。祐仁はたじろぐ。悪魔のフリをしていたときのふてぶてしさが一瞬、顔を過《よぎ》ったのだ。だがすぐに、ぷいと前を向いて歩き出した。

「かまわないよ、もちろん」

慎治が小さく言った。

「ほんとはきみに謝りたいんだ。そのうち謝ると思う」

そして歩き出す。

そんなの信じられない。口には出さず、祐仁もあとに続いた。

混雑した新宿の南口を出て、巨大な高島屋デパートの脇を抜けてひたすら歩く。ホーム・スイート・ホーム。朗はそう言っていた。本当にこの近くに住んでいるらしい。

やがて、見るからに高級なマンションが見えてくる。三十階建てぐらいだ。

広くて明るいエントランスに、朗は慣れた様子で入り込む。

こんな金持ちの家の子か……祐仁は呆《あき》れて口が開いたままだった。

ドアを入る前に、朗が振り返って二人を見る。

なにか言いたそうにモジモジしている。その子供っぽさに、祐仁は眩暈を覚えてしまう。

「忘れないで。約束だろ？」

慎治が優しく言った。

すると朗は、祐仁に向かってぴょこりと頭を下げたのだった。

「いたずらして、ごめんなさい」

いたずら……

祐仁は、賭《か》けてもいいと思った。この子はまたやる。

いまはおとなしくしてる。慎治がいるからだ。だけどこの子は、自由になったらまたいたずらする。だれかをとんでもない目に遭わせる。

「許してやってね」

慎治が言うから祐仁はとりあえず頷いたが、この子には二度と会いたくない。それが本音《ほんね》だった。

「じゃ、元気で。またどこかで会うこともあるさ」

慎治はあっさり言って、その場を去ろうとした。

「慎治さん！」

神木田朗が呼び止めた。

「ぼくを……弟子《でし》にしてください！」

祐仁は、棒を呑んだような気分になった。なにを言い出すんだこの子は？

だが朗の目は真剣だ。思い切って言ったのが分かる。まぶたの辺りがピクピク動いている。

慎治は頭を掻《か》いた。

「無理だよ。だってぼくが弟子の身分だから。弟子が弟子を取るって、聞いたことないだろ？」

そう言ってにっこりする。

「ぼくもまだ修行の身だ。今回はたまたまいっしょになったけど、きみにはきみにふさわしいお師匠さんが現れるさ。心配しなくていい」

ぼくは心配だけどな、と祐仁は思う。

「でも、また会おう。しばらくは東京をうろうろしてるから、顔見に来るよ。相川くんはどうする？」

当たり前みたいに訊かれて、祐仁は意味が呑み込めずに二人の顔を見比べてしまった。

「え、あ……」

また会いたいかどうか訊いてるんだ。三人で。

「いや、その」

祐仁ははっきり答えられない。

そんな祐仁を見て、慎治も朗も笑った。

「もう関わりたくないか。そうだよね」

「お兄ちゃん」

朗が祐仁に向かって言った。祐仁は思い切り背中がかゆくなる。

「お父さんと愛人、ぶっとばしてやろうか？」

ニヤリ。悪魔の笑みが復活する。

「こらこら。いたずらはダメだって」

慎治が朗の頭に手をやる。撫《な》でるその仕草《しぐさ》は、実の兄のようだった。

「あっ、ママ！」

ところが朗は、慎治の手から逃げ出すと一直線に走った。エントランスに入ってきた女性の腰にしがみついたのだ。三十歳ぐらいの女性は笑顔で朗を迎えると、訝しげに男たちを見た。

「お兄ちゃんたち、送ってくれたの」

朗が無邪気に言った。ああ、そうなの？　という感じで曖昧《あいまい》に頭を下げた女性に、慎治も祐仁も頭を下げ返して、そそくさとエントランスを離れる。あの変わり身……ふだんは年相応の子供を装《よそお》ってるんだ。とんだ猫かぶりだ。祐仁が呆れていると、

「お疲れさまでした。つきあってくれてありがとう」

慎治が丁寧《ていねい》に言った。

「きみは池袋？　じゃあ山手線か」

「日下さんは？」

「ぼくは上野。じゃ、いっしょに山手線だね」

「ふつうの山手線に乗りたいです」

「そうだね、ほんとに」

慎治は笑った。連れだって、さっき来た道を駅へと戻っていく。祐仁は言った。

「あの子、またなんかやりますよ」

「分かってる」

慎治はすぐ頷いた。

「あの……弟子にしないんですか？　あの子、だれかが見てたほうがいいと思うんですけど」

「弟子にはできないけど、ちょっと仕掛けをしておいた」

慎治は片目をつぶった。

「たぶんもう、きみにやったようなタチの悪いいたずらは、できないと思う」

「そう……ですか」

祐仁は感心した。この人はちゃんと手を打ってるんだ。

「助けていただいてありがとうございました」

思わず頭を下げた。

「いやいや。たまたま乗りかかっただけだから」

慎治は気楽に言って歩き続ける。会話が途切れた。ひたすら歩いていると、祐仁は不安になってきた。

「あの……ぼくは、夢を見てたわけじゃないですよね」

「きみの夢じゃなくて、あの子の夢につきあわされた。そういうことかな」

慎治の言葉は妙に納得がいった。祐仁は矢継《やつ》ぎ早《ばや》に訊く。

「でもあの子、あんなことができるなんて……」

「末恐ろしいね。でも案外、偉大な導師になるかも知れない。それか、あっさり力を失ってふつうの子になっちゃうかも。これからどうなるのかなあ。それこそ、神のみぞ知るだね」

他人事のように言ったので、祐仁は拍子抜けした。慎治の顔を見ても冗談か真剣か分からない。祐仁はうつむいた。

「心配かい？」

祐仁の表情に気づいて、慎治は言った。

「もしまた、ろくでもないイタズラをしでかしたら、叱《しか》ってやってくれ」

「えっ……ぼくがですか？」

あんな子と二度と会う気はない。慎治は、そんな祐仁の気持ちを見透かしている。それでも続けた。

「通じるから。聞き分けはあるんだ。彼に必要なのは、本気で怒ってくれる人だよ」
祐仁は信じられない。あんな子を本気で怒っても逆ギレされるだけじゃないか。
でも、自分を見つめるこの人の目にも嘘はない。祐仁はそう思った。
先へと進む慎治の足取りは軽い。機嫌がよさそうだ、と思った。ついて歩いている
うちに祐仁も気分が楽になってきた。改札を通ってホームへ上がる。やって来た鶯色
の車両に乗り込んだ。たくさん人が乗っている。ふつうの山手線だ。
並んで吊革をつかんで運ばれてゆく。たちまち池袋が近づいてきた。
「あの、これでお別れですか？」
祐仁は思わず訊いた。
「いや。きみさえよかったら、これからもよろしく」
慎治は手を差し出してきた。祐仁はその手をつかむ。握手。
思わず目を閉じた。眩暈《めまい》を感じたのだ。瞼《まぶた》の裏に光が明滅した。父親と母親と手を
つないで歩いている幼い自分が見えた。仲がよかった頃もたしかにあった……そこに、
父親と愛人がデートしている場面がかぶさってくる。見たことがないのに現実の光景
だと分かった。そこに真っ赤な火が降ってくる。地面からは餓鬼《がき》や動物人間や阿修羅

王がうわっと湧いてくる……

祐仁は無理やり目を開けた。どうにか前を見る。

すべての景色が流れ去り、消えた。目の前では慎治が、祐仁が帰ってくるのを待っていた。目が合うとにっこりする。

握りあった手を離した。祐仁は心細くなった。触れている間、どんなに掌《てのひら》が熱かったかやっと気づいた。思わず自分の掌を見る。

電車が池袋に着いた。

「なにかあったら、上野公園の七井《なない》教授を訪ねて。ぼくに連絡がつくから」

慎治はそう言った。祐仁はその名を頭に刻みつけて、電車から降りる。振り返るとドアが閉じた。慎治を運んでいく。軽く手を上げた慎治の優しい笑みが、目に焼きつく。

祐仁はしばらく立ち尽くしていた。

やがて、まだ温《ぬく》もりの残っている手をポケットに突っ込んでホームの階段を下りる。

身体が軽い。どこへでも行けそうな気がした。

第三話 漣の彼方

カルテのデータを整理する手を止めて、則子《のりこ》はパソコンの画面から目を外す。

窓の外では木枯《こが》らしが舞っている。明日から十二月。真冬の足音が近づいている。ここ数年は暖冬が続いている東京だが、今年はきっと冷え込みが厳しい。そう予感させるここ数日の空模様だった。体調を崩す者が増えるのも当然。それは人間も動物も変わらない。

壁の時計を見た。まもなく午後の診療時間《しんりょう》だ。画面に予約表を映《うつ》し出してチェックした則子の顔が、思わずほころぶ。マウスとキーボードから手を離してうーんと言いながらのびをした。立ち上がって、ハンガーに掛けておいた白衣を身に纏《まと》う。出入り口の〝休診中〟の掛札《かけふだ》を外さなくてはならない。ふだんなら看護士のあかねがやってくれるが、いまはこの診療所にいない。

出入り口の外に予約客の姿が見えた。右手に持ったリードの先には真っ黒なイヌ。寒いなか可哀想《かわいそう》だ。則子はすぐにドアを開けた。

「広橋《ひろはし》くん！　お待たせ。入って入って」

「先生、こんにちは！」

元気な声が診療所の待合室に入ってくる。おととい初めてここを訪れた小学生だ。といっても六年生、今度の春から中学生だから子供というよりは少年という感じだった。話しぶりもしっかりしている。イヌの飼い主であることが彼を少し大人びさせているのかも知れない。

連れてきたイヌはラブラドール・レトリーバー、名前はしゅんた。生後一年経っていないのでまだ身体が小さい。おとといは見るからに元気がなかったが、今日は勢いよく尻尾《しっぽ》を振っていた。この場所に慣れたというのもあるだろうが、快復している証拠に思えて則子は嬉しかった。処方した薬が効《き》いている。

ペットオーナーの広橋くんの顔も明るい。寒風のおかげでほっぺは真っ赤だが。

「どれどれ。調子はどうかな」

あごや足の付け根、腿《もも》の裏を触ってリンパ節の腫《は》れを確かめた。異常はない。おとといの凝《こ》り固まった感じは解消している。

「咳《せき》は？」

「しなくなりました」

「鼻水は？」

「まだ、出ます。でも少なくなってます」

「うん。もう熱っぽくもないし、治りかけてる。だけど油断しないでね。無理させないで、できるだけ休ませて」

「はい。ありがとうございます！」

初診の時とは顔が見違えた。おとといは、ちょっと熱がある、と言っただけで広橋くんは泣きべそをかいたのだ。だから則子は丁寧《ていねい》に説明したのだった。

「まず風邪《かぜ》だと思う。イヌにはジステンパーとか、似たような症状でもっと怖い病気もあるけど、ペットショップでワクチンは投与してあるでしょ？　あわてないで経過を見ましょう。今日は採血して、感染症じゃないかどうか検査しておくから」

不安そうな飼い主に、則子は笑みを絶やさないようにした。詳しすぎる説明もしない。

厳密には、イヌの風邪は風邪とは呼ばない。ケンネルコフという病気である可能性が高いのだが、もしも似た症状の犬ジステンパーだった場合は深刻で、最悪では死亡する場合もある。治っても四肢《しし》の麻痺《まひ》など後遺症が残ることもある。診断は慎重に下さなくてはならない。

「だいじょうぶ。こうやって、心配してちゃんと病院に連れてくる飼い主さんがいれば、動物はしっかり乗り越えて元気になるから」

則子は本心からそう言った。動物を飼い、老後までしっかり面倒を見ることは並大《なみたい》抵《てい》ではない。費用も掛かる。ちょっと具合が悪いくらいでは病院に連れてこないペットオーナーも多いのだ。

「ほんとは、いちばん仲良しはぼくの妹なんですけど」

おととい の広橋くんは、思い詰めたような表情でそう言ったのだった。

「いま風邪気味なんで、ぼくが代わりに……」

「そうなんだ。広橋くんの家、風邪が流行《はや》っちゃってるんだね」

「妹の風邪がうつったんですか？」

「いいえ。人の風邪のウイルスは、イヌには伝染《うつ》らないから」

そう言って安心させた。変な罪悪感を持たせたくない。

「でも、しゅんたくんにストレスを与えないように、しばらくそっとしておいてあげて。スキンシップは少なめに。一緒に寝るのも控《ひか》えてね」

「えっ……そうですか」

広橋くんの顔が曇《くも》った。だが甘いことは言えない。

「しゅんたくんのためよ。薬を出しておくからね。粉薬だから、エサに混ぜて食べさせて。ちょっと苦みがあるけど、もし食べるのを嫌がったら、ヨーグルトとか、ガムシロップに混ぜて飲ませるといい。二、三日経過を見て、もし改善しなかったら精密検査しましょう」

広橋くんは真剣な眼差《まなざ》しで頷《うなず》いた。そしてこの二日間、しっかり指示を守ってくれたに違いなかった。

「よく面倒見てくれたのね！　もう一緒に寝ても大丈夫。妹さんも嬉しがるでしょう」

「ほんとに？　よかった！」

広橋くんは笑顔を弾《はじ》けさせた。こういう瞬間に、獣医をやっていて本当によかったと思う。

「カナエのやつ、一学期はほとんど学校行ってなかったんです」

安心したおかげだろう、広橋くんの舌はなめらかになった。

「でもこいつのおかげで淋《さび》しくなかった。カナエにとって、ほんとに大事な家族だから」

「あら。どういうこと？」

訊《き》くと、広橋くんは説明してくれた。そもそもしゅんたくんを飼い始めたのは、学校に行かなくなった妹のためだという。カナエのために何か動物を飼う。家族会議でそう決めたらしい。

「いじめでもあったの？」

「ちょっと。でももう大丈夫。夏休みが終わったら、学校に行けるようになったし」

そのときガタガタ、と裏から音がして則子の顔が強張《こわば》った。

広橋くんも気にして則子の背後に目を向けたが、ぶしつけには訊いてこない。

「いい話じゃない。人に寄り添うっていう意味では、レトリーバー系は大正解よ」

則子は物音がなかったかのようにしゃべり続けた。

「ほんとに気立てがよくて、賢《かしこ》いから。盲導犬《もうどうけん》もレトリーバーが多いでしょう。広橋くん、アニマルセラピーって知ってる？」

「あ、聞いたことあります。ペットショップに相談したときも、言われたような気が

「……」

「うん。動物には人間を癒《い》やす力があるの。動物と触れ合うことで心と体を治療するのって、いまはすごく当たり前になってる」

動物介在療法は、欧米ではずいぶん前から普《ふ》及《きゅう》しているが日本ではまだまだ理解が浅い。それでも、セラピー犬の活動は少しずつ広がっている。

「ラブラドールは賢くて性格も優しいから、ぴったり。実際にいろんな病院や施設を回ってるイヌも、レトリーバー系が多いの」

「そうなんですか！」

広橋くんは目を輝かせた。本当に興味を持っているようだ。

「うん。動物にはすごい力があるって、はっきりしたデータが上がってるからね。高齢者はペットと暮らすと寿命《じゅみょう》が延《の》びる。イヌに限らずネコでも、他の動物でもね。たとえば、身体に障害をもつ子供が、乗馬をしたりして馬と触れあい続けたら、身体の機能が戻った例もある」

「え、すごい」

「心の病気にも効果が大きいの。イヌに限らずいろんな動物が活躍してるのよ。でも、陸ならやっぱりレトリーバー、海ならイルカがトップスターね」

「へえ。イルカも」

キャッキャ、キャッキャキャキャというけたたましい叫び声が聞こえてきた。広橋くんがさすがに目をまるくする。床でおとなしくしていたしゅんたもビクリと顔を上げた。

則子は顔の引きつりを抑えられない。あかねがいればすぐ裏に飛んでいってくれるのだが、まだ帰っていない。ペットオーナーさんのところに老犬介助の指導に出ているのだ。オーナーさんもかなりのお歳《とし》で、動くのもやっとのコリーと一緒に来院してもらうのが大変だから出張させた。

あかねはまだ若いのに熱心な看護士で、いい子が来てくれたと感謝している。だが熱心な分、いつ帰ってくるか分からない。

「広橋くん、ちょっとごめん。いま猿《さる》を預かってて。様子を見てくるね」

則子は診察室を出て奥の入院室に入った。大小のケージが並び、様々な動物が中にいる。ミニチュアダックスフントとアメリカンショートヘア。その向こうにはチンチラうさぎと、カナディアンフェレット。治療の経過を見るために預かっている小動物たちだ。

町医者の則子はイヌとネコを相手にすることが多いが、哺乳類《ほにゅうるい》すべてを診《み》るよう心がけていた。治療法のデータが少ないミニブタでさえ、できる限り対応する。たいていは牙《きば》の伸びすぎや皮膚《ひふ》の炎症の相談だからどうにかなるのだ。ただし、胃潰瘍《いかいよう》や膀胱炎《ぼうこうえん》の場合は手に負えないので、家畜類に強い獣医師への紹介状を書いた。

四肢の震えが止まらないポニーを連れてこられたときもさすがに困ったが、則子は飼い主に根気よく聞き取りをした。そしてポニーの症状が、環境の変化による精神ストレスによるものだと突き止めたのだった。獣医科時代の牧場での実習が活きた。一ヶ月近く牧場で馬たちと共に寝起きし、馬の出産にも立ち会っている則子は、ウマ科の動物の繊細《せんさい》さをよく知っていた。

ただ、哺乳類の中では例外として、猿は受け入れないことにしている。一般人の飼育は難しいので扱うことが少なく、対応できる町医者もそもそもあまりいない。同じ霊長類《れいちょうるい》だから、人間とは感染症も共有する。風邪をうつしてしまうこともあり得るのだ。則子のところへ持ち込まれたときには即、別の病院を紹介してきた。あるいは日本動物総合病院か、静岡にある霊長類研究センターを。

則子は奥にあるケージを見つめて思わず溜息《ためいき》をつく。ではなぜいま、ここに猿がいるのか？　しかも、ペットとしては高価なリスザルが。体長は三十センチに満たないが、一頭五十万円前後もする。

「頼む！　三日間だけ！」

持ち込んだのは三津田《みつた》という獣医科の先輩だ。昨日、電話連絡も早々にここにやってきて、手を合わせて頼んできた。三津田は横浜にある類人猿研究所分室の研究員。在学中はいちばんお世話になった人で、だから断れなかった。でもなぜ専門の病院でなく、たかが町医者に預けるのか？　その事情も詳しくは言えないという。

「先輩。この子、変な感染症持ってるんじゃないでしょうね」

「まさか！　そんなんじゃない。信じてくれよ」

三津田はそう繰り返すばかり。則子はもやもやしたが、あさってには引き取ってもらうのだ。深く考えないようにして、入院動物の一員に加えた。

だが後悔しかない。このリスザルは、則子がケージの口から顔を覗《のぞ》かせるたびにギャッと叫ぶのだ。性質はおとなしいと聞いていたのに、あたしのなにが気に食わないのよ？　則子はフードストッカーからバナナを取り出し、小さく切ってケージに入れた。だが歯を剝《む》き出して則子を威嚇《いかく》するだけ。バナナには見向きもしない。エサをやればおとなしくなるって言ってたのに……則子は途方に暮れてリスザルを見つめた。顔の毛は白いが、目玉はほぼ真っ黒で白目の部分がない。だからじっと見ると、ちょっと悪魔みたいに見える。いまのあたしにとって、こいつは本当に小さな悪魔。

やっぱりあたしは猿とは相性が悪い。嫌いな動物がいないのが自慢なのに……爬《は》虫類《ちゅうるい》も両生類も平気だ。そのへんの女子とは肝《きも》の据《す》わり方が違う。獣医を志したその日からなおさら、どんな動物も避けまいと誓った。いまだに苦手があるとすれば、一部の虫ぐらい。でもそれは大方の女子と同じだ。哺乳類では、いない。そう思い続けてきた。

「可愛《かわい》いじゃないですか〜」

昨日あかねは興奮していた。ふだん扱わない猿が来たことを喜んで、不用意に指をケージに近づけたのだ。危ない、と思ったが猿はふんふんと鼻を近づけた。そしてペロッとあかねの指を舐《な》めた。拍子抜けした則子は真似をしようとしたが、近づいただけで猿が緊張して身を固めた。

嘘《うそ》みたいな差別だと思った。あかねも意外そうに、猿と則子を見比べていた。

でもこんなのは初めてじゃない。獣医科の学生だった頃、研修の一環で霊長類研究センターを訪れたときのほうがずっとひどかった……則子は奥歯を嚙《か》み締める。リスザルと同じ南米原産の、マーモセットという種類の猿たちが、則子たち学生の一団がやってくるとケージの中で怯《おび》えて逃げ惑ったのだ。あの大騒ぎ、いま思い返しても嫌になる。こんなことはめったにないと案内役の研究員も驚いていた。

あたしのせいじゃない。則子は必死に自分を落ち着かせた。他にも学生が五人もいるんだ。マーモセットは今日、たまたま気が立ってるだけ……則子は逃げるようにケージから離れ、オランウータンのブースに入った。類人猿の中では最も知的で穏やかなはずの黒い大きな猿は、則子の姿を見るなりすかさず行動を起こした。

目の前の透明なアクリルに黒い異物がへばりついた。バスッ、という音とともに。

思わず両手で自分をかばった則子は、おそるおそる手を下ろした。

一頭のオランウータンが、妙に哀愁《あいしゅう》を感じさせる背中を見せて去って行くのが見えた。

糞《ふん》を投げつけられたのだった。明らかに、則子に向かってだ。

「他の人と間違われたんだと思うよ」

あとで研究員はそう慰《なぐさ》めてくれた。

「一人、嫌われてる飼育員がいて、糞を投げられることがある。君が初めてじゃないんだ」

まったくフォローになっていなかった。糞を投げるのは嫌っている相手だけなのだ。ギャッ、と一吠《ひとほ》え。いま目の前にいるリスザルも同じだ。なんだか泣けてきた。どうして猿という猿があたしを嫌うの？　ひどいじゃない。原因が分からない。まったく心当たりがない。いや——嘘だ。則子は頭を振った。

心当たりは、ある。だれにも話すことのできない思い出がある。どうせ話しても信じてもらえないし、そもそも思い出したくもない。でもいま、はっきりと甦《よみがえ》ってくる……高校時代の記憶が。

あれも冬だった。丸十二年前の、冬だ。

◇

十七歳の冬。上倉《かみくら》則子は怒っていた。なんだか知らないが怒っていた。

高校二年のあの頃、下手《へた》をすると一日中怒っていたような気がする。なにひとつ思い通りにならなかった。どこを向いても壁。だが当時の則子にとって、障害とは馬の前にぶら下げたニンジンのようなものだった。ますますしゃかりきになってぶつかってゆく。そしてどんどん周囲から浮いていく。

地方都市の郊外にある公立高校に転校してきて三ヶ月。則子はまるで馴染《なじ》んでいなかった。馴染むつもりがもともとなかった。こんな田舎《いなか》まで来るのは本意ではなかった。しかも、雪深い日本海側になんんか。

都会の名門校で成績争いを続けてきた則子は、突然そこから離脱させられた。父親が会社の出世争いに負けたことは聞かなくても分かった。地方に飛ばされた父を責める気はない。ただ私は、自分の道を着実に進んでみせる。夢を叶《かな》えるために妥協《だきょう》はしない。

そうだ、あの頃の則子には獣医になる気はまったくなかった。人を診《み》る医者。それか生物学者になりたかった。いずれにしても一流の、人から尊敬される存在になる。それしか考えていなかった。

そのためにはやっぱりいい大学に入りたい。だから受験の実力も身につけたいが、田舎の高校は授業に切迫感がなかった。進みも遅い。都会ほど進学にこだわっていなくておおらかなのは、たいていの学生には大歓迎かも知れないが、則子は焦《あせ》るばかりだった。

せめて部活動ぐらいは充実させたい。そうしなくては毎日が虚《むな》しすぎる。則子はそう思ったが、この高校の部活動の実態を聞いて愕然《がくぜん》とした。体育系の部の充実ぶりに比べて文化系が極端に貧弱《ひんじゃく》だったのだ。どうして美術部と吹奏楽部と囲碁・将棋部と鉄道研究会しかないのか？　理系のクラブなどひとつとしてない。そう人気がある類《たぐい》の部じゃないのは分かるけど、存在さえしないなんて納得がいかない。

新しい部を作るしかない！　則子は決意を固めた。則子が好きな生物や地学だけではない、化学や物理、男子が好きそうな電子・コンピュータ系も含めて、科学と名の付く一切合切を含んだ部を作ってしまえ。名前は分かりやすく「科学部」でいいだろう。思い立ったらもう我慢できなかった。則子は部活動を取り仕切っている教師のところに相談に行った。新部設立のためには、最低三人の入部希望者が必要だと分かった。友達のいない則子には難題に思えたが、これは意外に簡単にクリアできた。同じクラスに、則子を敬遠しない奇特《きとく》な生徒がいたのだ。

「いいよ。メンバーになってあげる」

休み時間に打診すると、糸田睦美《いとだむつみ》はあっさり頷いた。

「則子がここの学校生活をめいっぱい楽しんでくれるんなら、なんでも協力するから」

糸田睦美は愛嬌《あいきよう》ゼロの転校生に初めから優しかった。なにかと気遣い、世話を焼いてくれた。野良猫《のらねこ》より人になつかなかった則子も次第に、糸田睦美には気を許すようになった。普通に会話を交わせる唯一の生徒だった。

睦美は背は高いほうで、スポーツが得意。髪をさっぱりと刈《か》り込んで、男の子みたいにサバサバした性格をしていた。

「あたしはバレー部だけど、科学部できたらときどき顔出してあげる。それでいいんでしょ？」

「うん。それで充分」

則子は頷いた。そして腕を組み、片手をあごに添えて考える。睦美は訊いてきた。

「もう一人要るのよね。どうするの」

そうなのだ。則子は考えたが、なんの名案も浮かばない。

「オッケ」

見かねた睦美は自分から言ってくれた。

「いっこ下のいとこが、帰宅部やってるから。あいつに名前を借りよう」

これで解決だった。則子はいまに至るも、そのいとこの名前も、性別さえ知らないのだが。ともかく部の体《てい》がなった。則子は実は、部員のことより活動拠点をどうするか、そのことばかり考えていた。つまり部室だ。

生物室のとなりにある生物準備室は狭《せま》すぎて気に食わない。他の理科教室もどうもしっくり来ない。実験用の生き物を飼うためにはできるだけ大きな、独立したスペースが欲しかった。則子はどうしても、高校生のうちにひとかどの研究をして、その成果を手みやげに大学に乗り込みたかった。田舎の高校から進学するというハンデを少しでも埋め合わせたかったのだ。

そして則子が目をつけたのが、専門教室がたくさん入っている校舎別棟の一室。一階の奥の部屋だ。なぜだかプレートが外され、扉が閉め切られてだれも使っている様子がない。一度それに気づいてしまうと欲しくてたまらなくなった。ところが職員室に行ってまた部活担当の教師にかけ合うと、思いがけない反応が返ってきた。

「あそこは入れないよ。だれも使ってはいけないことになってる」

「なんでですか？」

「なんでもなにも、僕が赴任《ふにん》したときからそうなんだ」

「だから、なんでなんですか」

「そう決まってるからだ」

らちが明かなかった。まだ三十代の男の教師だったが、妙にまばたきが多いのが気になる。なにか秘密があるのだ。

横でやりとりを聞いていた古株《ふるかぶ》の教師が口を挟んできた。

「規則は規則だ。たてつくんじゃない」

カチンと来た。あたしがよそ者だと思ってバカにしてるのか？　これが田舎の体質、それとも縦《たて》社会の弊害《へいがい》、柔軟性《じゅうなんせい》のない学校組織の問題か。則子は納得がいかなかったがひとまず引き下がり、クラスに戻って糸田睦美に愚痴《ぐち》った。

「あそこはだめよ！　開けたら悪いことが起こる」

則子は呆《あき》れた。睦美も同じだったのだ。

「あんたたち、揃《そろ》いも揃ってなに言ってるの？」

「ずっと前から開かずの間なんだもん。だれも入ろうなんて思わないよ」

「……信じられない」

睦美が急に別人になったような気がした。年輩の教師なら迷信深い人もいるだろうし、若い教師でも、迷信話を盾《たて》にして面倒ごとを回避しようとする。それは分かる。だが生徒までが同じ調子だとは！

「よそ者をバカにしてるの？　いい加減にしてよ」

則子は声を荒らげた。

「理由も分かんないのにとにかくダメだなんて納得できるわけない！」

すると、睦美ももっともだと思ったようで、少し声をひそめて言い始めた。

「入ったら出られなくなるの」

「はあ？　なにそれ。本気で言ってるの？」

だが顔を見れば分かった。この子は本気だ。

「先輩がいなくなったの……生徒会長と副会長。会長は行方不明。副会長も、なんとかあの部屋から出てはこれたけど、ちょっと頭がおかしくなっちゃったって。入院して、そのまま学校やめたの」

則子はぽかんと口を開けたが、気を取り直して訊く。

「嘘でしょ？」

「ほんと」

「……都市伝説よ、そんなの」

「ちがうって」

「それ何年前の話？」

「十年ぐらい前」

意外に最近だ。則子は首を傾《かし》げて、それから言った。

「だれかが面白がって、話膨《ふく》らませたのよ」

「膨らませてない！」

則子の疑り深さに、さすがの糸田睦美も機嫌を損ねた。則子は教師たちの顔を思い出す。表情を消したり、やたらと怒ったり……同じだ。則子は思い当たった。あの裏にあったものは恐怖。みんな本気で怯えているのだ。

仕方なくその場では引き下がったが、則子は心底呆れた。こんな話がまじめに語り継がれてるなんて。二十一世紀に！　自分がどうしようもなく奮い立つのを感じた。科学立国ニッポンの名が泣くじゃない？　私はやっぱり立派な科学者になりたい、と思った。そしてこんな馬鹿《ばか》げた思い込みを解消する。迷妄《めいもう》の闇を吹き払うのだ。いや、今すぐ証明したい。迷信は迷信でしかないことを。

開けてやる――あの開かずの間を。

扉を開け放ち、中にはなにもないことをみんなに知らせる。いかに自分たちが愚《おろ》かだったか分からせてやる。どうしても。そんな密《ひそ》かな野望を抱えて、則子はその冬を過ごした。

「小学校の子たちと民話を集めてるの」

そんな矢先、睦美にそう言って誘われた。

「すごく面白いから、則子もいっぺん来てみなよ。この土地のことも分かるし」

この県の方針で、高校と小学校が連携《れんけい》して学外活動をすることが推奨《すいしょう》されていた。睦美が所属するのは、民俗研究会みたいなもののようだった。幼稚園《ようちえん》や養老院《ようろういん》を訪問して、民話読み聞かせ会も開いたりしているらしい。

則子はこの土地のことになんか興味はなかったが、断れなかった。睦美には借りがある。則子は、じゃあ一度だけ、と言って集まりに顔を出した。でも目立ちたくない。隅の方にパイプ椅子を置いてなるべく気配を消す。

「調べてきてくれた？」

睦美が訊くと、小学生のリーダーとおぼしき男の子がはい！　と元気に答えた。奥のホワイトボードのところまで進み出ると、声を張って喋《しゃべ》り出す。町の集会所の一室に集まったのは、則子の他には小学生ばかりだった。

「この地域の民話は、独特なものが多いです。県の他の地域と比べても、いろんな種類の動物が出てきます」

小学六年生らしいが、とても落ち着いている。眼差しも大人びていた。

「たとえば、桃太郎でおなじみの家来の動物、イヌ、キジ、サルはよく出てきます。でもそれだけじゃなくて、トラとかゾウとか、なぜか昔の日本にいなかった動物が出てくる民話もあります。珍しいので、大阪の大学の先生が去年、わざわざ聞き取り調査に来たくらいです」

この土地の民話はそんなに独特なのか。則子は興味を惹《ひ》かれた。

「大学の先生は、お年寄りの家を何軒も回って、いろんな話を聞いていったそうです。ぼくたちも、その人たちを回っていろんな話を集めました」

他の子が冊子を配り出した。簡易製本されたもので、中を見るとかわいい挿絵《さしえ》までついている。小学生の仕事とは思えないくらい丁寧だった。

「その中で、いちばん変だなあと思う話を、これから発表します」

リーダーの子は民話の朗読を始めた。

イヌとサルが主人公のお話だった。お互いが頓知《とんち》を出し合って、答えられないと相手の手や足に噛みついて食べてしまうという内容。げえ、と則子はこっそり呟《つぶや》く。怖い。残酷《ざんこく》。でも……面白い。則子は自分がすっかり引き込まれていることに気づいた。この子には話し手としての才能もある。

二匹の動物はしまいには、お互いの顔まで食べてしまう。すると、イヌの顔がサルに、サルの顔がイヌになってしまい、泣きながら自分の住処《すみか》に逃げ帰る。ところが、それを知った山の神が、その顔をお互いに返してやるというラストだった。救いはあるものの、とってつけたような印象もある。後味をよくするためにだれかが無理やりつけたオチ。そんな気がした。

「この町の民話は、本当に面白いと思います。ちょっと気持ち悪いし、意味も分からないのが多いけど、でも、すごく個性があります」

この子の言うとおりだった。則子はいつしか身を乗り出して語り手を見つめていた。

するとその子は、則子の方をしっかり見ながら言ったのだった。

「将来、この町に博物館みたいなものを作って、お話をぜんぶ残した方がいいと思います。この町の人のためにも。外から、聞きに来た人のためにも」

則子は思わず頷いた。この子は文化を後世に伝えることまで考えている。ここまでできる小学生はなかなかいない。

「ほんとによく調べたね！　えらいね、慎治《しんじ》くん」

睦美は彼をベタ褒《ぼ》めした。慎治という名前なのか。得意げなところはまったくなかった。ただ嬉しそうにはにかんでいた。

そこで睦美が、則子をみんなに紹介した。

「この子、上倉則子ちゃん。東京から転校してきたのよ」

「こんにちは！」

「初めましてー」

みんな元気よく挨拶《あいさつ》してきた。リーダーの子は礼儀正しく頭を下げてくる。

則子もこのリーダー、慎治を褒めたかった。

「民話は、絵空事だから面白いのよね」

だが、気づくと口から出てきたのはトゲのある声。

「作られたお話だから。昔、ほんとにあったなんて思う人いないでしょ。みんなそんなこと、分かってると思うんだけどなあ」

則子は止められなかった。溜《た》まっていた毒《どく》みたいなものが噴《ふ》き出してきた。

「なのに、高校の開かずの間は、おとぎ話だと思わないのはなんでなのかなあ」

「ちょっと則子！　いまそれ関係ないでしょ」

睦美が睨《にら》んできた。

「バカみたい」

だが則子はかえってヒートアップしてしまった。

「開けたら分かるのに。タタリなんかないって！」

小学生たちが目をまるくした。先輩たちがいきなりケンカしだしたのだから当然だ。

「やめといたほうがいいですよ」

響いたのは、リーダーの男の子の落ち着いた声だった。

「え？」

驚いて見ると、慎治が自分を見ていた。ひどく真《ま》っ直《す》ぐに。

「あの部屋には入らないでください」

強い口調。則子はとっさに言葉を返せない。この子は穏やかな、いかにも田舎で生まれ育った男子だと思っていた。実は彼も自分と同じよそ者で、転校してきて一年も経《た》っていないと聞いたのは、ずっと後のこと。

「……なんできみが、開かずの間のこと知ってるの？」

則子はようやく、尖《とが》った声を返した。小学生の分際《ぶんざい》で、と言いそうになって堪《こら》える。

「高校に入ったこともないでしょ？」

「いえ。秋の文化祭の時、入りました」

「……あっそう。でも、なんできみが反対するの。あの部屋の中を、覗いたわけでもないんでしょ？」

「覗かなくても分かります」

「なんでよ!?」

則子は生意気としか思わなかった。なんだ、結局この子も田舎の迷信に染まっちゃってる。親や周りの人から言われることを頭から信じ込んでるんだ。

「子供は黙ってて。部室がないと話にならないんだから！」

感情にまかせて言い放つ。

「言い伝えは尊重しなきゃ。根拠があるんです」

慎治は動じない。則子は内心舌を巻いた。

「この町って、まともな人ひとりもいないの? みんなして怪談《かいだん》を信じ込んじゃって」

今度は慎治が口をつぐんだ。困ったように睦美と視線を交《か》わす。

「則子には気の毒だけど」

糸田睦美は哀《あわ》れむように言った。

「どうせ無理。先生たちゼッタイ鍵《かぎ》くれないし。あの部屋はあきらめるしかないよ」

則子は口を閉じた。睦美の言うとおりだ。いくらあたしが吠《ほ》えても、この土地の人は頑として変わらない。

でも諦《あきら》められない。執念《しゅうねん》はますます燃え盛った。則子はじっと機会をうかがった。

そしてついに、絶好の日を見つけた。年末休みに入る少し前だ。その日が近づいてくるのを則子は心待ちにした。大嫌いな雪が降り続く日々をひたすら堪《た》え忍《しの》んだ。いまに見てろ、と胸のなかで言い続けながら。

その日がやってきた。雪雲が去って、朝から陽が照っていた。町中どこもかしこも雪だらけだったが、道路だけはきれいに除雪されていた。道路脇のこんもりした雪が陽射《ひざ》しを浴びて真っ白に照り映えていた。

演劇鑑賞の日がやってきたのだ。全校生徒が町の公民館まで移動して、巡回でやって来た劇団の出し物を鑑賞する。今日は学校からほぼ人がいなくなる。千載一遇《せんざいいちぐう》。則子は温めていた計画を実行に移した。まず朝のホームルームが始まると、タイミングを見計らって教師に向かって手を上げる。

「すみません、眩暈《めまい》がします」

そう言って保健室に行く許可を得る。クラスメートたちは、いやに毅然《きぜん》と体調不良を訴える女だなと思ったことだろう。だが大切な第一歩。これで公民館に行かない口実ができた。

保健室のベッドに横たわり、虎視《こし》眈々《たんたん》とタイミングを待つ。保健室の窓から、あか抜けない詰《つ》め襟《えり》とセーラー服の生徒たちが出て行くのが見えた。子供の頃から雪に慣れているせいか、上着を羽織《はお》らなかったり、マフラーを巻いているだけの生徒も多い。こんな寒空の下を三十分近く歩かされるのに文句一つ言わないどころか、笑顔ばかり。まったく感心したらいいのか呆れるべきか。

全員が学校から出て行った。則子はむくりと起きあがる。保健室の養護教諭に、

「具合がよくなりました。今日は早引けします」

と言って保健室を出る。呼び止められないようにそそくさと。そして則子は早足で廊下《ろうか》を横切り、辺りに注意しながら職員室の扉を開けた。スルリと入り込んで静かに扉を閉める。

留守番の教師がいたが、なにかの作業に没頭《ぼっとう》していてデスクから顔を上げない。

則子は気配を消し、忍び足で奥へと進む。目指すのは校長室だ。

壁に掛かっている各教室の鍵《かぎ》は無視する。あの開かずの間の鍵がここにないことは確かめてあった。間違ってもだれも入らないように、鍵自体を置かないというのが、まったく恐れ入る話だった。この学校の全員が本気であの部屋を怖がっているということだ。

だがあの部屋に入る方法がある。マスターキーを使うのだ。

教室でだれかが言っていたのをたまたま耳にした。それは校長室にある。学校で一人だけが持つことのできる魔法の鍵だ。

いまは校長も出払っている。生徒といっしょに公民館に行った。校長室の廊下側の

ドアはきっと閉まっているが、職員室側のドアならどうだ？　校長室は職員室からも入れるようになっている。則子の狙《ねら》いはそこだった。

則子は校長室のドアノブに手をかけ、静かに回した。

やった――開いてる。

則子はもう一度、留守番の教師のほうを見る。

おあつらえ向きにデスクの上に荷物があって、教師の姿は見えない。向こうからもこっちが見えないはず。

則子はドアを開けた。横向きにするりと校長室にすべり込む。そっとドアを閉じる。

ふう、と息をついた。ここまでは計画通りだ。きょろきょろと見回す。入ったのは初めてだが意外に手狭《てぜま》で、雑然としている。表彰状や優勝カップの類がない。昇降口の近くにあるガラスケースに入っているものでぜんぶらしい。則子がいた都会の高校の校長室とはまるで違う光景だった。

壁に掛かっていた。こんなに目立つところに……ちょっと気が抜けてしまう。そして――鍵がある。

だが六つある。

マスターキーは一つのはず。なぜ六つも？　それとも、マスターキーはこの中にはなくて、金庫の中にでも入っているのだろうか。いや、そもそもマスターキーなんてあるのか？　ただの噂《うわさ》では？

則子は絶望しかけたが、せっかくここまで来たのだ。手ぶらで帰れない。

則子は手を伸ばして鍵を一本取った。

一度壁から離れ、思い直してもう一本取る。

そしてまた静かにドアを開けた。職員室の様子は変わっていなかった。校長室を出ると思わず腰を落として、そそくさと出口を目指す。音も立てず廊下に出ることに成功した。

両方の掌《てのひら》に一本ずつ、鍵を握りしめている。則子はその拳《こぶし》を勢いよく振って別棟に向かった。勘《かん》で選んだ鍵だから開かないかもしれない。それでも目指す部屋が近づいてくると、不思議にドアを開けられそうな気がしてきた。

勝手に鍵を持ち出すなんて、ばれたら大変。下手をすると停学処分だ。新部設立の夢も泡と消える。でもどうしても扉を開け放ちたい。迷信深いこの土地に光を当ててやらないと気がすまない！　理性の光を！

則子は廊下の突き当たりに辿りついた。ここだ。奥の左側のドア。

別棟のドアは本棟の教室とは違っている。引き戸ではなく開き戸だ。金属のドアノブがある。ただ少しも光ってはいない、鈍色《にびいろ》だ。どれだけ長い間人の手が触れていないのか。則子はノブの鍵穴に鍵を差し込む。まずは右手に持った、大きめの鍵を。この鍵は六つ並んだ中でいちばんの長さがあったから、マスターキーに見えなくもなかった。鍵穴に嵌《は》まる。当たりか？　と胸が高鳴る。

だがひねっても回らない。合わない鍵だ。則子はあきらめて引き抜く。

じゃあもう一本のほう。則子は左手の中の鍵を見つめた。

手が震えている。別棟には暖房が入っていないから、寒さが身に沁《し》みてきた。

どうしてこれを選んだんだろう？　自分でも分からない。

ただ、ほかの鍵より黒っぽく見えた。輝いていなかった。

それは――このドアの色と同じだ。長年だれも触っていないということ。

則子は素早く差し込む。すんなり鍵穴に収まった。ひねると、回った。

コキンという軽快な音。何年も使われていないとは思えない音だった。

そして音もなくドアが動く。隙間《すきま》が、できた。

開いた！

則子はドアノブに手をかけた。引こうとした瞬間、目の前が暗くなる。立ち眩《くら》みのような感じが襲ってきた。光が乏《とぼ》しい、まるで目に見えないサングラスでもかけさせられたように……そして耳に迫る、ゴウッという音。

ビクリとして則子は手を放す。突風のような気配を、ドアの向こうに感じたのだ。

バカじゃないの？　自分を叱《しか》りつけたくなる。十年も開いていない部屋にだれもいるはずない。なのになんで怖くなるの？　迷信深いみんなのせいであたしも影響されてる。こんなの気のせいでしかない。それを証明するために来たんでしょ？　手に力を込める。しっかりドアを引き開けた。

しん、という音がした。

沈黙の音だ。恐ろしいくらいの。

なにもない。則子は感じた。

ほんとうに、圧倒的になんにもない。匂《にお》いもしない。風なんか吹いてない。

部屋の中は暗かったが、ほのかに明るいところがある。おかげで奥の壁まで見えた。

右の壁際に小さな細長い棚がある。その手前に、机。教卓のようだ。

他にも生徒用の机が一つある。だがそれだけ。しかもすべて壁にくっついている。

だから、がらんどうという感じがした。窓には板が打ちつけられて塞《ふさ》がれているが、板と板の間に少しだけ隙間がある。そこから外の陽射しが差し込んで、それで室内がほのかに見えるのだった。

ほっと息を吐き出す。ほら見ろ、なんでもないじゃないか。ただの空き部屋だ。

則子は開けたドアを全開にした。内と外の空気を入れ換えたい。この部屋は生徒に開放される、出入りは自由だ。そしてこれからは有効に使われる！　みんな早く公民館から戻ってこないだろうか。認めてほしい。ここがなんにも怖い場所じゃなくて、自分たちが間違っていたということを。

則子はドアのそばの壁に明かりのスイッチを捜す。見つけた。だが天井を見ると、蛍光灯《けいこうとう》自体が塡《は》まっていない。もっと明るくしたい……生徒たちが気軽に入れるようにしたい。則子は奥の窓に近づいた。打ちつけられた板に手をかけて引っぱってみる。

ビクともしなかった。しっかり釘付《くぎづ》けされている。

まずこれをなんとかしないと。どこかでバールでも借りて来よう——そう思いながら振り返った。

目が合った。

則子の目は、相手の視線をすんなり受け止めた。

壁際の教卓のそばに顔がある。

黒くてまるい瞳《ひとみ》が、キョトンとこっちを見ている。

おかしい。という感覚が時間差で襲ってきた。

則子の脳《のう》はそこにだれかいる、という感覚とそこになにかいる、という感覚のどっちを取るか迷っていた。まるい。ずんぐりしている。それは認識できた。

だがそれがなにか分からない。

則子は悲鳴を上げなかった。上げ損ねたという感じだった。それくらいさりげなく、それはそこにいた。長い腕、そして短い足。

——猿?

最初に連想したのはそれだった。身体が黒い。全身に毛が生えているようだ。生き物としては、猿の体形に見えた。大きさも、手足の比率もチンパンジーを思わせた。

ちょこんと床に座っている。そして則子を見上げていた。

いるはずのないものがそこにいるのに、則子の感覚はそれを受け入れた。いるものはいる。認めるしかなかった。不思議に恐怖感がない。自分の冷静さに、則子は満足した。相手の縄張《なわば》りに入っちゃったかな、という申し訳ない気持ちまで湧いてくる。だが、その顔――

則子はふいに、腹の底から悲鳴が込み上げてくるのを感じた。

身体は黒いのに顔だけが妙に白い。そしてその顔には目もある。鼻もある。口もある。

だがなにかおかしい。

――人間の顔だった。猿ではない。鼻筋が通った凛々《りり》しい顔だ。眉毛《まゆげ》もしっかりある。きりっとしている。そして――

波立っていた。

まるで水の表面のようになめらかに揺れている。

生まれてから一度も味わったことのない感覚が則子の身体の中を走り抜けた。圧倒的な衝動《しょうどう》が本能の深いところから湧き上がってくる、原始的な生き物に戻ったかのような反応、すなわち、悲鳴を上げてここから逃げ出したい。

だができない。身体が動かないのだ。脳と身体が別々になってしまったように。

こんなことが起こるとは想像したこともなかった。いまや則子は、ただ祈っていた。

目の前にいるものが消えてくれ。すべては夢であってくれ、と。

猿人間の顔の漣《さざなみ》が消えた。

揺らいでいた顔が、しっかりと形をとる。

そして――笑った。その爽《さわ》やかな笑顔が、後頭部をどやしつけるような衝撃をもたらした。人間のふりしたなにかがあたしに向かって笑いかけてる――笑顔なのに少しも笑顔に見えない。こっちの心がなに一つ温まらない。

猿人間はふいに、長い腕を動かした。

指を一本だけ立てて教卓の下を指す。

天板の下の、陰《かげ》を。

則子は目を奪われた。そこに真っ暗な闇がある。部屋が暗いせいではない。そこはほんとうに、とてつもなく暗いんだと則子は思った。

あわてて目を逸《そ》らす。引き込まれる――見つめていると果てしなく深い穴に吸い込まれる。死ぬ。

どうにか教卓から目を外したが、その後ろがおかしいのに気づいた。猿人間の背後の壁が真っ黒だ――しかも波打っている。猿人間のさっきの顔と同じ。漣だ。

猿人間がひょいと腕を振った。壁に当たる。

壁の漣が、円になる。波紋《はもん》となってふわりと広がる。

壁一面が大きな輪になった。

消えた。

猿人間の顔がゆるむ。無邪気に口が開いた。

長い手を振り回して黒い漣を叩く。遊んでいるかのように。

そして則子を振り返り、指さしてみせた。揺れる水面《みなも》を。その向こう側を。

こいつはあたしを誘ってる。この向こうに行こう。そう言ってる。

異常に爽やかな笑顔を見ていると身体から力が抜ける。耐《た》えられない、気が狂《くる》いたいと思った。足はすくんでただの棒だ。動こうとする自分もいた、それは、猿人間の誘いのままに壁へ向かおうとする自分だった。この笑顔を信用しよう、飛び込んでしまえ楽になる——

「則子さん」

という声が聞こえた。

幻聴《げんちょう》だと思った。則子は顔も動かさない。

猿人間が首を傾《かし》げた。凜々しい眉がキュッとひそめられる。納得がいかないように。

「則子さん」

幻聴がまた自分の名を呼んだ。

「こっちを向いて。頼むから」

動かないと思った顔が、動いた。

則子の目に、声の主が映る。ドアのそばに立っているだれか。見覚えのある顔。でもだれだっけ？

自分より少し背の低い男の子。頭を掻《か》きながら部屋に入ってくる。首には白いマフラーを巻いている。表情は、穏やかだ。壁のほうにいる猿人間を見た。あわてた様子はない。

窓辺の則子のところまで来る。ごくふつうの足取りで。

そして手をとった。則子の右手を。

目のなかに光が弾けるのを感じた。

則子のなかで凝固《ぎょうこ》していたなにかが、解けた。

「しっかりして。ここを出よう」

握りしめた手を優しく引っぱられた。則子は少しよろける。猿人間も動いた。腰を高く上げて、逆に顔を床まで下げる。そして口をいっぱいに開けた。異常に長い二本の牙《きば》が見えた、怒ってる、あたしがここを出ようとしてるから——漣《さざなみ》が顔を覆《おお》った。形が歪《ゆが》む。

そして別の顔になる。

「早く、則子さん」

腕を引く力が強くなった。則子に見せまいとしていた。だが則子ははっきり見た。

猿人間の顔は——自分だった。

上倉則子の顔が歪んだ怒りの表情で則子を睨《にら》みつけてくる。その背後の闇はもっと歪んで波打っている、まるで嵐の海だ。激しくしぶきを上げている！

則子の顔をした猿人間が腕を広げてこっちににじり寄ってくる。手の端から端までは三メートルもあるように見えた、こんなものから逃げられない、囲われる抱きしめられる捕《つか》まる——

「ううう〜〜〜」

唸《うな》り声が聞こえた。則子のすぐとなりから。

「わん!」

慎治が吠《ほ》えている。

「うう〜〜〜、わん!　わんわん!」

気が狂ったんだと則子は思った。落ち着いていてもまだ小学生だ、こんな状況に耐えられなくておかしくなったんだ。

だが猿人間はビクリとした。広げていた両手が床に落ちる。

そして後ずさりを始めた。壁のほうへ戻ってゆく。顔が怯《おび》えてる。則子はとっさに笑いの発作《ほっさ》に襲われた。とんだ弱虫ね!　そう意地悪を叫んでやりたくなる。

「今だ」

慎治がこっそり呟《つぶ》いた。則子の腕を引く。則子は足をもつれさせながら、引かれるままにドアに向かった。

そのときだった——壁の波がピタリと収まったのは。

猿人間が祈るように両手を合わせた。頭《こうべ》を垂《た》れている。

則子は壁から目を離せなくなった。するとその真っ黒な、つややかな表面がふいに盛り上がった。何十もの塊《かたまり》が浮かび上がってくる、それは——手だった!　猿のような手、人間のような手、巨大な手、小さな手、骨だけの手、タコの触手のようなものまでが黒い表面から突き出してきてぐわっと指を広げて伸びてくる、蠢《うごめ》いている、触れたものを捕まえようとして――

「うわ」

さすがの慎治もあわてた。則子の背中をどんと押す。部屋から押し出された。則子はぺたりと床に座り込んでしまう。血が脳を回っていない、ものが考えられない。

「鍵！」

だから言葉の意味がまったく分からない。

「則子さん、鍵！」

何回同じ言葉を浴びせられたのだろう。自分の身体が反応して、慎治に向かって腕を差し出すまで何秒かかったのか。カチンとドアに鍵をかける音は覚えている。目を上げると、慎治の背中が見えた。頼もしく感じた。

慎治は静かに鍵を抜くと、則子のほうを振り返った。

「だいじょうぶ？」

慎治が気遣わしげに顔を覗き込んでくる。則子はまばたきを繰り返すだけ。

「ごめん、突き飛ばしちゃって」

その声は温かいお湯のような効果を持っていた。則子の身体がほぐれてくる。

「でも、則子さん」

慎治の顔が少し厳しくなる。

「まさか、ほんとに入ろうとするなんて！」

則子は答えようとした。

「あ……う……」

だが声が出ない。

「歩ける？　外へ出よう。ここは空気が悪い」

手を貸してくれた。慎治の腕にすがってなんとか立ち上がると、しばらく頭を下げた。血が巡《めぐ》ってくるのを待つ。それから足を動かした。ぎこちないが、どうにか足が交互に出ているのを自分で見ながら、あれはあたしだった、と思った。

あたしの顔だった。あの化け物、あたしの顔を盗んだ……

手を引かれるまま校庭を歩く。気づくと校庭の端のベンチまで来ていた。則子はそこに座らされる。ふいに恐ろしくなって自分の顔を触った。あたしの顔――ある。前の形のまま、あたしの顔にくっついている。心の底からホッとした……喰《く》われてない。

目の前の校庭に陽射しが降り注いでいる。嘘みたいにのどかだった。楽園だ、と則子は思った。真冬なのに春みたいな温かさ。ああ、あの部屋が真逆だったんだ、と思った。暗すぎた。なにもなさすぎた。

則子はすがるように慎治を見る。訊きたい。でもまだちゃんと口が動かない。

慎治は黙って則子のとなりに座っていた。眼差しは穏やかだ。則子が人心地《ひとごこち》つくのを待っている。校庭のここなら、職員室からも見えない。周りを気にせず、則子が元気を取り戻すのを待ってくれている。

「し――しんじくん」

ようやく声が、喉《のど》から出てきた。

「どうして……」

声が震えて、途切れる。

「間に合ってよかった」

慎治は言った。

「……知ってたの？」

あたしがあそこに入るって。

「なんとなく」

慎治は頷いた。

「則子さんはあきらめないなって思った。で、今朝、ちょっと変な感じだなって思って。だから学校抜け出して、こっちにきた」

小学校から高校へ。くしゃっという感じで笑う。

「だけど、ほんとに開けて入るなんてね。参ったよ」

この男の子は自分より年上だと思った。そして、性格がよすぎる。もっと怒ったっていいのに。忠告を無視して扉を破ったんだから。この子に助けてもらわなかったら……たぶんあそこから出られなかった。

「変な感じって、なに？」

則子は訊いた。慎治は首を傾げながら答える。

「空気っていうか、風が」

「風？」

「風っていうか、空が」

「なに言ってるの？」

「うまく言えない。とにかく、則子さんが危ない。いなくなるって思った。だから来た」

則子は何も言えなくなった。ただ、まじまじと少年の顔を見つめるのみ。

慎治は校庭を見ている。ほとんど一面の白に目を細めている。

「なんなの……？　あの部屋」

則子は、両手で自分を抱え込みながら訊いた。

「理屈じゃないんだ」

慎治の目が少し険《けわ》しくなった。

「ぼくらはたまに、ああいう穴に出くわす。近寄らないように気をつけないと」

「穴？」

「この世じゃない場所への穴」

当たり前のように言う。則子は口を開けた。だがまだ思い通りに動かない。

「あ……あそこに、いたのは……」

あの化け物は。

「なんなの？」

「この世のものじゃない」

慎治はさらりと言った。

「猩々《しょうじょう》。猿神。猿田彦《さるたひこ》。候補はいろいろあるよ。この土地に言い伝えられている神様。その仲間かも知れない」

民話研究会の発表を思い出す。この子は、すごく詳しかった。だけどあれはあくまでおとぎ話。ただの言い伝えで、みんなそのつもりで聞いていた。

「なんにしても、あっち側とこっち側のはざまにいる生き物」

「…………」

この子は、民話に出てくる異様な動物たちが本当にいると知って調べていたのか。

「則子さん」

慎治が則子の目を覗き込んできた。

「まだこの世にいたいなら、関わり合いになるべきじゃない」

「でも」

さっきのことを思い出して則子は笑った。笑えた自分に驚いた。

「なんなの、慎治くん。わんって？　犬の真似《まね》して……」

「猿の天敵といったら犬だろ」

慎治は照れたように笑う。

「とっさに出たんだ。うまくいったと思ったけど、仲間を呼ぶなんてね！　ちょっと焦《あせ》った」

なんていい笑顔だろ。則子は感動した。なんて大人びてて、なんて温かい……人間味にあふれてる。これも、真逆。あの化け物の、形だけの笑顔とは大違いだ。

則子もせいいっぱい笑顔を作る。できるだけこの子の真似をしたい。

「あの部屋は、境目《さかいめ》なんだ。だからああいうのが現れる。近づく者をさらっていこうとする」

「だけど、あれは……目に見えたわ」

則子は、自分の口が勝手に元気を取り戻していくのを感じた。

「あたしには、霊感《れいかん》なんかないから、お化けなんか見えるはずないのに……見えた。ってことは、あれ……ものとして実在してるのよね？」

慎治は小首を傾げて則子を見た。

「触《さわ》ろうと思えば、触れる。じゃあ……物理的な存在ってことよね」

さっきまでどこかにすっ飛んでいた理性が、えらそうに喋《しゃべ》っている。

「だったら……科学で解明できるはずよ！」

「あいつを捕まえて、実験室に連れて行けるならね」

慎治の笑顔が苦くなった。

「だけど、そんなことができるとは思えない」

則子は黙《だま》る。慎治の言っていることは正しい。それは、則子の身体が知っていた。まだ全身が粟立《あわだ》っている。身体の芯《しん》にある冷たさはまるで消えない。この明るい陽射しでも溶かせない。背骨だけ冷凍庫に入れられているみたいに。

「約束してくれるよね。もうあそこには入らないって」

慎治の言葉に、則子は自分でも意外な言葉を吐《は》いた。

「どうしよっかな」

慎治は目をまるくして則子を見た。

「だって、なんか悔しくない？　あんなのに部屋を取られて、どうすることもできないなんて」

この子は困ってる。それが分かっても、素直になれなかった。

「慎治くんって、怪《あや》しい」

則子はそんなセリフまでぶつけた。

「なんで詳しいのよこんなことに。何者なの？」

さあ、という感じで慎治は肩をすくめる。迷うように目を回してから、言った。

「ぼくは、ぼくに分かることを言ってるだけ」

そして黙り込む。この子が正直で、誠実なことは分かっていた。でたらめなんか言わない。分からないことは口にしない。

「だれが、怪談話なんかにするもんですか！」

則子は叫んでいた。どうしようもない悔しさが則子を逆上させていた。

「必ず合理的な説明がつくわ。たぶんあそこには、別の次元の扉が……ワームホールかなんかがあるのよ。それであんな変なのが出てきたんだわ、立派な科学者だったらきっと解明できる……対策を考えてくれるわ、なにか、解決法を」

喋れば喋るほど、心が折れていった。突拍子《とっぴょうし》もない話をしているのはあたしのほうだ。怪談話よりひどい。

「則子さんが納得いくならなんでもいいよ」

慎治の穏やかさが胸に痛かった。

「ぼくはただ、知ってる人がいなくなると悲しい。だから止めたんだ」

則子は、自分のとんがった矛《ほこ》がへし折られるのを感じた。

「二度と近づいてほしくない。ほんとうに危険なんだ。それを分かってほしいだけ」

「……分かったわよ！」

則子は腕を組んだ。生意気にふんぞり返る。

「もう近づかない。約束する。これでいいの？」

「うん。ありがとう」

慎治はにっこりした。いかにも嬉しそうに。

思わずその顔に見とれた。ところがそのとき、ふいにせり上がってくる。

則子はくしゃみをした。べしゃっ、という変なくしゃみを。

「寒い？　なか入ろうか」

自分を抱きしめて震える則子を慎治が気遣ってくれたが、

「やだ。まだここにいたい」

則子は首を振った。慎治は困ったように眉を下げた。それから、自分の首のマフラーを外して則子の首に巻く。

「あの顔……あたしの顔だった」

則子は喋るのに夢中だった。

「あの化け物、あたしの顔を……」

「猿まねだよ」

慎治は言った。

「あれにはたぶん顔がない。だから、人の顔を借りるんだ。則子さんを見てるうちに顔を憶えたんだろう」

「じゃあ……その前の顔は？」

「生徒会長だと思う。十年前にいなくなった」

胸が詰まった。あの漣《さざなみ》の向こうへ、行ってしまった人……

「ほんとだったんだ。生徒会長が、いなくなったって」

「残念だけど」

慎治が頷く。

「さらわれちゃって……どこへ？」

慎治は、かすかに頭を振るだけだった。

知らないのか。それとも言いたくないのか。

「じゃあ、それからずっと……あの化け物、会長の顔して……」

則子は言った。言いながら、悟った。

「そんなのひどい」

あの猿人間は、これからあたしの顔をし続けるのか。

いつかだれかがあそこに入ったら、あたしの顔で出迎えるのか。

「でも、いつまでもああじゃないよ」

慎治は明るい顔をして見せた。

「なにが？」

「穴はいつか閉じる。あの部屋、普通の部屋になるよ。いつかは分からないけど、たぶん」

則子はただ、慎治の顔に見とれた。訊きたい。もっと訊くべきことがある。でも言葉にならない。

その顔を見ているだけで、胸がいっぱいだった。則子は満たされた。

「さあ、鍵を返してこないと。みんなが戻ってくる前に」

慎治が言いながら立ち上がった。さっき則子が渡した鍵を握っている。

「あ」

則子はふいに、自分の手が握りしめているものに気づく。ハズレのほうの鍵だ。

「これも……」

慎治は、則子が差し出した長い鍵を受け取った。

「うん。校長室だよね。行ってくるから、則子さんはここで休んでて」

則子は素直に頷いた。まだ小学生なのに、この高校のことをぜんぶ分かってる。任せておけば安心だと思った。だが慎治が校舎のなかに消えてから心配になった。あの留守番の教師に見つからずに、鍵を返せるだろうか。

——もし見つかったらあたしが行こう。自分が悪いんだって言おう。

校門のほうを見る。きっともうすぐ帰ってくる。公民館から、みんなが。

ここから見えるだろう。一人一人、戻ってくるところが。待ちきれないと思った。

糸田睦美だけじゃない、だれが帰ってきても嬉しい。

こんな気持ちになるなんて思わなかった。だれとも友達になんかならなくていい。そう思っていたのに。

あの子のおかげだ。鍵を返しに行っている彼の。

ちゃんとお礼を言おう。戻ってきたら。慎治のマフラーに顔を埋めながら、則子は思った。でも顔を見たら言えなくなる。まだ背骨が冷たいし、頭が妙にふわふわしてるし。今日は、無理かも知れない。

だったら明日言おう。それが無理ならあさってに。

本当だ。絶対だ。こんなあたしだって人にお礼は言う。心から感謝したいときは、ちゃんとありがとうって言える！

◇

リスザルのケージの前で則子は瞬《まばた》きを繰り返した。

こめかみを押さえる。眩暈《めまい》が止まらない。

あたしは結局言えなかった、と思った。だって知らなかったのだ。翌月にはもう、慎治が町にいないということを。

もしかすると慎治自身、知らなかったのかも知れない。だってあの光でいっぱいの校庭には別れの気配なんかなかった。あの子の笑顔に、翳《かげ》りなんかなかったから。

則子はしばらく立ち尽くしたまま動けなかった。

慎治くん……なんか、会いたいなあ。すごく。あの優しい声を聞きたい。子供のくせに包み込んでくるような声を。

結局あのあと、彼とは話をしていない。すぐに冬休みに入って、則子は冬期講習で忙しくなった。勉強漬けの冬休みが終わり、三学期になってからだった。糸田睦美に慎治の転校を知らされたのは。

「なんで教えてくれなかったの！」

則子は怒った。

「もうすぐ卒業なのに、転校？　あり得ないでしょ……」

「あたしも知らなかったの。急に、慎治くんが訪ねてきて」

則子は黙った。睦美が泣くのをこらえていることに気づいたのだ。慎治は睦美のお気に入りだった。則子なんかよりずっとつきあいが長かったのだ。

でもあたしだって淋しい、と胸のなかで言った。

お礼を言えなかった。一言も。あたしはなんて恩知らずだろう。最低だ。大人になったいまも唇を噛みしめてしまう。

うん。ありがとう。そう言ってにっこりした慎治の顔はいまでもはっきり思い出せる。あんなの絶対無理。あんなクソみたいな生意気娘の前であんなふうに笑うなんて。あの日あたしはなにも分かっていなかった。自分がとてつもなくラッキーだったってことを。いまならよく分かるのに。上倉則子はあの子の前でべしゃっ、とくしゃみしただけだ。馬鹿。恥《は》ずかしい。

あのあと、部活動をすっぱりあきらめた則子は、その後はただただ勉強に打ち込んだ。獣医学科のある大学に合格して、六年の課程を終えて獣医師の資格を取った。日本動物総合病院に研修医として勤めたり、個人病院に嘱託《しょくたく》医として勤めて経験を積んだあと、おととし独立した。

この町の人々は〝上倉動物診療所〟のドアを叩いてくれた。客足は絶えない。すんなり自分を受け入れてくれた住民たちには感謝しかなかった。彼らが連れてくる小さな命のためにせいいっぱい頑張っている。広橋くんのような動物思いの飼い主に会うとなおさら頑張れる。

自分は人間相手の医者でなく、どうして獣医師を志したのか？　深い理由はないと自分では思っている。ただ、迷うことはなかった。不思議なくらいに。

大学時代には挫折《ざせつ》しかけたこともあった。過酷《かこく》な実習の連続で、こんなことはやっていられないと獣医科を去った同期も多い。たしかに動物の解剖《かいぼう》は今でも苦手だ。一晩中馬の出産に立ち会い、母子ともに死んでしまったこともある。事故で重傷を負ったイヌやネコを、やむを得ず安楽死させたことも。そのたびに無理だと思った。こんなつらい仕事は続けられない。

だが則子は脱落しなかった。経験を重ねるほど、肝《きも》が据《す》わる。自分が強くなっていく。そう実感できた。獣医科の最後の年、牛の胃を手術する助手を務めた。血と肉と糞尿《ふんにょう》にまみれても踏ん張れた。自分はやっていける、と思った。

だから、こんな小さな猿ぐらいなんだっていうの？　あたしは逃げない。心のどこかが怯えているのは確かだけど、それでも自分は動物が好きだ。それに、いまだに思う。

あの化け物が猿だったのは形だけ。化け物は、猿ではなかった。もちろん人間でもない。

他のなににも似ていない。この世にはいない生き物だった。異質。異形《いぎょう》だった。

でも慎治の言うことが正しければ、あの開かずの間はもうただの部屋になっているかもしれない。十年以上経つのだ。あの化け物も、いなくなったかもしれない。

高校時代の則子はすっかり懲《こ》りてしまって、二度とあの部屋に近づかなかったから、いまどうなっているかは分からない。そろそろ、勇気のあるだれかがドアを開けているだろうか。あたしのような無謀《むぼう》なお馬鹿さんが扉を破ったか。

そしてずんぐりした、長い腕のあたしに見つめられているだろうか。

それとももう、なんでもない普通の部屋として使われているだろうか。そうだといいなと思った。顔を盗まれるのはあたしが最後でいい。

ギャッ、とまたリスザルが鳴いた。

則子は思わず、う～～わんわん！　と吠えたくなる。

「だめか、そんなことしちゃ」

言いながら入院室を出た。顔には満面の笑み。

「ごめん広橋くん。リスザルがちょっと興奮しちゃってて」

さばさばした調子で言えた。床で縮こまっているラブラドールに微笑《ほほえ》みかける。

「しゅんたくん、ビックリさせてごめんね～。きみはもう大丈夫だから。広橋くん、念のために薬はもう少し飲ませてね。夜は温かくして眠らせてあげて」

「分かりました。ありがとうございます！」

広橋くんは嬉しそうに言い、それからもじもじした。なんだろう。

「あの」

思い切ったように言い出した。

「妹が、お礼を言いたいって言ってるんですけど……連れてきていいですか？」

「まあ嬉しい」

則子は声を弾ませた。

「もちろんよ。いつでもどうぞ」

「上倉先生、優しくていい人だって言ったら、自分から会いたいって。ぜひお礼を言いたいって。そんなこと、珍しいから」

広橋くんは本当に嬉しそうだった。彼の妹は、いじめられていたぐらいだから内気で、人と接するのは苦手かも知れない。なのにわざわざお礼を言いに来ることにした。それぐらい、しゅんたくんを大事に思っているのだ。気持ちをぜひ受け止めてあげたい。

それにしても、いつからだろう。優しいとか、いい先生だとか言われるようになったのは。昔のあたしを知ってる人は驚くだろうなあ。則子はそう思って含み笑いした。睦美や慎治くん、絶対に信じてくれないだろうなあ。

「妹さんって、いくつ下なの？」

則子は訊いた。

「二つです。いま四年生」

「お名前は……」

「香菜江《かなえ》です。香りに菜っ葉に、江戸の江」

「いい名前。響きがいいよね。あ、お兄ちゃんの名前はなんだっけ」

「明彦《あきひこ》です」

照れたように言った。

「すごい、フツー」

「いい名前じゃない！」

フッ、としゅんたが息を吐いた。則子に答えるように。

その拍子に、裏からもキャッという声が響いてくる。

顔を見合わせて笑った。人間もイヌも。

第四話
オール・オールライト

カツン……と、尖《とが》った音が響く。

閉ざされた空間に反響する。

カツンカツンカツン……人の足音だ。続いてドアを開ける音、閉める音。

やがてブルン、という唸《うな》り。エンジンがかかり、ヘッドライトが光る。車が動き出してこの駐車場を出てゆく。

別の車が入ってくる。エンジンが止まり、ライトが消え、ドアが開く。人が出てきて、足音を響かせながらここを出てゆく。

繰り返し、繰り返し。同じような光景が続く。いったい何回目だろう。千回。いや一万回？　もう分からない。

ぼくはここで起こる単調な光景を目に映してきた。なすすべもなく。ここに据えられた監視カメラ並みに。

ときどき、ぼくは自分の名前を忘れてしまう。

どうしてここにいるのかも分からなくなる。

ハッと気づくと、たくさんの車のあいだに、ぽつんと一人でいる自分を見つける。

この駐車場は地下にある。五十台ぐらい入るスペース。上には大きなマンションがある。そこに住んでいる人たち専用だ。だから庶民的な車はあんまりない。車には詳しくないけれど、高級な感じの国産車が多い。もちろん外車もある。どれも車体がピカピカだ。

さっき一台出て行ってから、なにも起こらない。だれもここに入ってこない。

ここでは、人がいない時間が長い。とても。

当たり前だ、車に乗りに来るか、車を置きに来るか。人が来るのは、そういうときだけ。

だから人が現れると、嬉しくなってそばに寄っていく。捨てられた犬みたいに。

でも初めの頃は、がっかりするだけだった。みんなぼくに気づかないから。

ぼくは背が高くない――そりゃそうだ、まだ小学生なんだ――から、車の陰に隠れて見えないだけかも知れない。そう思って、その人の目の前や、すぐ横に立つ。

でもぼくがいることに気づいてくれない。だれも。

腹が立った。それか、悲しくてたまらなくなった。でもいまは慣れちゃった。だって、泣いても怒ってもだれも聞いてくれないから。車に乗り込もうとしているおじさんのすぐ後ろで、

おーい！

と思い切り叫んだことがある。

おーい、おーい、おーい………

声はたしかに反響するのに、おじさんはまるで反応しない。何事もなかったみたいに車に乗り込んで駐車場を出て行ってしまった。どうして聞こえないんだろ？　聞こえないフリしてるのか。みんな申し合わせてぼくを無視してる。ひどいなあ。

いや――ちがうって分かってる。

ぼくは、いなくなってしまった。みんなから見えなくなった。

考えすぎると怖くなる。真っ黒い穴がすぐそばに開いていて、吸い込まれそうな気分になる。だから考えない。ただ見続けていることにした。この暗い空間で起きる単調な光景を、生きた監視カメラとなって。

でも――たまにある。いつもとちがうことが。

まれにいる。ぼくに気づく人が。

ぼくがそばに寄っていくとハッと身体を強《こわ》ばらせる。顔をしかめたり、不安そうにまわりを見回したりする。急に動きが素早くなって、一秒でも早くここから出ようとする。

気配に気づいてる。だれかいるって感じてるんだ。

それが分かっただけで張り合いがちがう。人が来るたびに自分をアピールするようになった。ほとんどは空振りだったけど、だんだん学んでいった。ぼくのことに気づきそうな人が、あらかじめ分かるようになったんだ。

大人はだいたい無反応。ぼくよりちっちゃな子供たちは、個人差はあってもなにか感じてくれる。気配を感じてキョロキョロしたり、ブルッと身体を震わせたりする。なぜだかくしゃみが止まらなくなった男の子もいた。二歳ぐらいの女の子とは、目が合った。その子はニコッとしてくれたんだ。たしかに、ぼくに向かって。すごく嬉しかった。親が車に乗せて、すぐに出て行っちゃったけど。あれ以来あの子を見かけてない。残念。

あとは、おばあちゃんがぼくを睨《にら》みつけてきたことがある。でも手で払われた。

しっしっ、あっちへ行けって感じで。あれには傷ついた。ぼくはノラ猫じゃないぞ！そう叫ぼうかと思ったけど、やめた。目つきが変で、ずっとブツブツなにか言ってるような人だったから。ちょっかい出すとなにするか分からない。引っかかれたくなかった。

でもそんなことを繰り返してるうちに、ぼくはコツをつかんでいった。いままで無反応だった人たちにも、自分の存在を感じさせる方法を編み出したのだ。

それは、物音を出すこと。

ぼくのノドから出た声は届かないけれど、駐車場にあるものに触って動かすことで、音を立てることはできる。いつもじゃない。調子が悪いときはできないけど、車のホイールを蹴《け》って鈍《にぶ》い音をさせたり、並んでる赤いコーンをちょんと押して倒すぐらいはまあ、朝飯前。調子がいいときは、消火栓の赤い扉をキイキイ開けたり閉めたりすることもできるし、〝二輪車の追い越し厳禁〟と書いてある看板をバンバン叩くこともできる。かなりでっかい音が出る。するとみんなビクッとして、急いでここを出ようとする。それがなんとも言えず楽しい。ぼくは追い打ちをかけるように、

「わっ」

と言って目の前に飛び出したり、耳もとになにか囁《ささや》きかけたりする。そっちはいつもどおり無視されるんだけど、どうかした拍子にぼくの声が聞こえちゃう人もいる。姿も見えちゃったのか、ぼくを指さしてもの凄《すご》い形相《ぎょうそう》で逃げ出す人もいた。そうなるともう、ぼくは嬉しくてたまらない。

一度、中学生ぐらいの女の子の耳もとに「ねえ」って話しかけたことがある。その子はその場にひっくり返って気絶しちゃった。あわててその子を介抱するお父さんを見て悪いなあと思ったけど、ぼくは腹を抱えて笑い転げた。あんなに笑ったのは久しぶりだった。というより、笑ったこと自体久しぶりだった。

前に笑ったのがいつか思い出せない。五年ぶりぐらいじゃないかな？　分からない。ケタケタケタケタ、という笑い声がいつまでもコンクリートに反響していた。だんだん自分の笑い声じゃないような気がしてきて、ぼくは笑うのをやめた。

しんとした静寂《せいじゃく》だけが残る。

どんどん分からなくなるなぁ、と思った。

いろんなことがどうでもよくなっている。

ここから出なくちゃ、と必死に頑張ったこともあった。でも出口が見つからない。

駐車場の出口はもちろんいくつもある。でもそれは車を駐《と》めてる人たちの出入り口であってぼくのじゃない。いくら捜しても、ぼくの出口がどこにもないから、あきらめた。構わないと思った。ここがぼくの家なんだ。この地下のだだっ広い空間だけが棲《す》み処《か》。ここの主人は、ぼくだ。好きなようにさせてもらう！　ぼくの縄張りに入ってくる人間になにをしようがこっちの勝手。

でも——ゆうべからここは居心地が悪い。邪魔《じゃま》なヤツがいるんだ。

ぼくはいやいや、駐車場の隅に目をやる。

床に寝転がっている男がいる。二十代かな。地味な紺色のジャージを着てる。その上からグレーのトレーナー。見るからに薄汚れていて、十年ぐらい洗っていないように見える。ジャージのヒザには穴が開いていて、裸足《はだし》。サンダルをつっかけている。それで寒そうじゃない。いま、夏だっけ？　とぼくは首をひねった。おかしいなあ。ぼくはコートを着てるんだけど。

この変なヤツ、ボロボロのリュックは持ってるけど、荷物はそれだけ。なんでこんなところに転がり込んできた？　車を持ってるようにはぜんぜん見えない。ここのマンションに住めるような恰好《かっこう》でもない。

たぶん……宿なしの人だ。ぼくはそう思った。貧乏で、仕事もない。でも寝る場所は欲しい。外で寝るよりはマシだ、と思って、こっそりここに入ってきたんだろう。で、ひたすら寝てる。よっぽど疲れてたんだろうか。それとも、なにもやる気が起きないのか。すごく悲しいことでもあったのかも。

分からない。とにかく目障《めざわ》りだった。いますぐ追い出したい。

でもぼくがそばに寄っても、ちょっかい出しても反応しない。かなり鈍感なヤツだ。ぼくがまったく見えないどころか、気配さえ感じないらしい。

なんだよー、というぼやきももちろん聞こえない。出てけよー、ジャマだよー。

近くの車を蹴って音を立てても、この男は気にもしない。目さえ開けない。ただただ寝てるのだった。

ぼくは目をそらして、そいつとは反対側の壁のほうへ行った。気にしないようにするしかない。ほっとけばそのうち出ていくだろう。

それにしても——と思った。駐車場を見渡しながら。

ここに駐《と》まってる車も、ずいぶんまばらになっちゃった。前は満杯だったのに、いまは半分以下だ。

昔ほど車が多くないのは、上のマンションから引っ越していく人が増えたから。マイカーに荷物を詰め込んで、ここから出たっきり戻ってこなかった人たちをぼくは知っている。

たぶんミサキちゃんも行ってしまったんだろうな……。

ぼくの幼《おさな》なじみ。お隣《となり》さんだ。

ミサキちゃんちの車は残ってるけど、しばらくだれも乗りに来ていない。もう引っ越してしまって、この車は、だれかが後から取りに来るんじゃないかな。それとも捨てていったのか。

いや、まだ上に住んでるのかな？　ここまで降りてこないだけかも。来たくないのかも。

ここが嫌いだから。ここに来ると、つらくなるから。

つらくなる？

ああ……ぼくはここでなにをしてるんだろう。ふいに、心の底からそう思った。

ただ見てるだけ。入ってくる人にちょっかい出してるだけ。他にやることがなんにもない。

だれかを脅《おど》かして、相手が反応したときだけ、自分がいると思える。いまはまだ、ここに降りてくる人がいるから張り合いもある。けどだれも来なくなったら……みんなマンションから引っ越して、ここに車を置く人がいなくなったら……ぼくは本当にいなくなってしまう。

「たすけて」

ぼくは呟《つぶや》いた。

そんな言葉を口にするのは初めてだった。

もちろんだれも答えない。

助けなんか来ない。みんな、ぼくのことを忘れてしまったんだ！

そんなことを思いたくないから、ますます考えなくなる。そしてなおさら、なにも分からなくなっていく。ぼくはだんだん薄れている。意識が途切れることが増えた。いきなり記憶が飛ぶのだ。

それがもっと長くなって、ついには意識が戻らなくなって――

ぼくは消えてしまうのかも知れない。

目を閉じる。じんわりと胸に悲しみが広がる。

みんなの顔も忘れていく。名前も、思い出も。人恋しさも薄れている。お母さんとお父さんの顔だって、もうぼんやりとしか思い出せない。あんなに好きだったのに……少し前までは、思い出せなくなると必死に思い出そうとした。それもあんまりしなくなってしまった。もうどうでもいいんだ、どうせみんな消えてしまうんだから……

ハッ、とぼくは目を開けた。

足音が近づいてくる。だれか来た。

しかも、足音だけで分かった。この人は当たり、ぼくのことを感じられる人だ。女の人。前にも一度ビックリさせたことがある。

このときだけぼくは活《い》き活きする。まるで生き返ったみたいに。変な力がみるみる湧いてきて、どうやってちょっかい出そうかと夢中になって考える。後ろから忍《しの》び寄って、首に息を吹きかけようか？　ヒャヒャヒャヒャと笑いながら足にしがみつこうか？　いや、目の前で逆立ちして、口や鼻から血をダラダラ流してやろうかしら？

それとも——

「おいきみ」

背中から声をかけられてぼくは天井まですっ飛びそうになった。そりゃそうだ、ここで声をかけられたことなんて一回もなかったんだから。

バッと振り返った。痩《や》せた男が立ってる、ああ——あいつだ。床に寝っ転がってい
た宿なし男。いつの間にぼくの後ろに？　少しも気づかなかった。ビックリしすぎて
声が出て来ない。なによりビックリなのは……ぼくをまじまじと見てること。

ぼくの姿が見えてる！

「だめだろ、人を脅かしちゃ」

しかもぼくに話しかけてくる。ぼくの目を見て。まちがいない！

「あ、あの」

思わず訊いていた。

「ぼく、いるんだよね？」

「いるよ」

男は頷《うなず》いた。ごく自然に。

「心配しなくていい」

ぼくの質問は意外じゃなかったらしい。それがぼくには意外で、また声が出なくな
る。

コツコツコツ……と足音が近づいてくる。あの女の人だ。緊張しているのか、ときどき足がもつれる。ぼくが現れるのが怖いんだ。

目の前の男は、近づいてくる女の人に見られないように、そばの車の陰に隠れた。ぼくも移動する。もう女の人を脅かしてる場合じゃない。すると男は、くっついてきたぼくにヒソヒソ声で話しかけてくれた。

「きみはいる。ちゃんと見えてるよ。でも」

「でも？」

ぼくは首を傾《かし》げる。

「影が濃くなってる。そんなことばかりしてると……取り返しのつかないことになるぞ」

そんなこと。つまり、人を脅かすこと。影だって？　ぼくは床を見た。人工灯に照らされた自分の影は、別に変わってないと思った。濃くなんかない。

ぼくは男の人を見た。真剣な顔で頷いてくる。この人は嘘《うそ》を言ってない。この人の目からは、ぼくの影が濃く見えるんだ。

「影が濃くなると、どうなるの？」

訊いてみた。

「きみが影になる」

あっさり言われた。

「影になるとどうなるの？」

ぼくのほうもあっさり訊く。怖くなかった。ただほんとに知りたかった。

でも、答えはなかった。この人はためらっている。

「もしかして、どっかに連れてかれちゃうの？」

ぼくの言葉に男は目をまるくした。

「そうだよ。よく知ってるじゃないか」

ぼくは胸を張る。ちょっと得意だ。

「そんな気がしてたんだ。だって、真っ黒な獣《けもの》みたいなのが来たの見たことあるもん」

男は大きく目を見開いた。

「ぼくはシュッと小さくなって、車のタイヤの陰に隠れたんだ。黒いヤツはウルルルルってしばらく唸《うな》ってたけど、そのうち、どっか行っちゃった」

助かった、と思った。あのときは本当に。

捕まったら終わりだ。ぼくは本能的に分かってた。だから見つからないように逃げた。何日ぐらい前のことだったろう。いままで感じたことのない気配を感じたぼくは、小さくなって息を潜めた。タイヤの陰から盗み見た。

どこからともなく現れたそいつはイヌみたいな形をしてて、のそのそと床を嗅《か》ぎ回っていた。大きくはない、中型犬ぐらいの大きさ。ひたすら真っ黒で、目も耳もなかった。ただ、口だけがぽっかり開いてた。

すごくでっかい口で、中は血みたいに真っ赤だった。

ぼくはひたすらじっとしていた。自分を消すのは得意なんだ。見つからない、っていう変な自信もあった。すると、しばらくして……黒い気配は薄れていった。

「いつの間にかいなくなった。そいつを見たのは、その一回だけ」

「そりゃよかった」

男の人はにこりともしなかった。

「でもまた来る。必ず。今度は大勢で来るかも知れない。そしたらきみは見つかるよ。今度こそ逃げられない」

たぶんその通りだ。変に素直に、そう思った。

この人は信用できる。しっかりぼくの目を見てしゃべってるから。その瞳は綺麗《きれい》だし、声はあったかくて、ぼくのことをほんとに心配してくれてるのが分かる。

「お兄さんは、だれなの」

訊いた。

「ぼくは慎治《しんじ》っていうんだ」

名乗った。でも、それ以上の自己紹介はなし。

「ぼくのこと、初めから見えてたの？」

「ああ」

慎治さんは頷いた。ぼくは思わず口を尖《とが》らせる。

「じゃなんで無視したの？　見えないフリしたの？　ひどいなあ」

すると慎治さんはじっとぼくを見た。

「人に脅かされる気持ちを、分かってほしかったんだ」

ぼくはなにも言えなくなった。

慎治さんは、なんだか淋《さび》しそうな顔をしていた。

「ぼくにいきなり呼ばれて、ビックリしたろ？　寿命が縮んだろ？　そんなこと、人にしちゃいけないよ」

「でも……でも……ぼくにはそれしかできないんだ」

ぼくの声は、自分で思ってた以上に可哀想《かわいそう》な感じになった。

「人を脅かさないと……人に気づいてもらえないと、ぼくは消えてしまう」

慎治さんは眉を下げた。ぼくよりよっぽど悲しそうだった。

エンジンがかかる音が聞こえた。さっきの女の人の車だ。

「分かった。問題を解決しよう。いっしょに」

ヘッドライトを光らせて、女の人が運転する車が駐車場を出て行く。静かになった。

「話をしよう。思い出そう、いろいろ」

慎治さんはヒソヒソ声をやめた。まともにぼくに向き合う。

「きみの名前は？　思い出せる？」

「うーんと……」

ぼくは考えこんだ。記憶が遠くなっている。でも、自分の名前をたぐりよせるのに、思ったほど時間はかからなかった。

「……ユウヒ」

「ユウヒくん」

慎治さんが復唱した。

「ヒサモト、ユウヒ」

「久本。雄飛、と書くんだね。勇ましい名前だ」

「おじいちゃんがつけてくれたの」

記憶が鎖みたいにつながって、一つ一つ引き出されてくる。おじいちゃんの顔。おばあちゃんの顔。

ぼくは車に乗って二人に会いに行くところだった。

そうだ……思い出した。ふいにくっきりと。まるで昨日のことみたいに。

あの日は平日。お父さんは会社に行ってていなかった。だからお母さんが運転してくれる。二十階のマンションの部屋から、いっしょにこの地下まで降りてきた。そして——ドン、という衝撃《しょうげき》。

「あ、思い出した！」

思わず言っていた。

「ぼくここで轢《ひ》かれたんだ！」

たんだ！　たんだ！　たんだ……変に明るいぼくの声が、のっぺりしたコンクリートに囲まれた空間に反響して、消える。

慎治さんは痛みをこらえるような顔をしていた。ぼくの顔が明るいのが意外なのかな。現にぼくは笑顔。でも、無理してるつもりはなかった。

悲しくないわけじゃないけど、本当に嬉しかったんだ。思い出すことができて。もしかしたら、二度と思い出さなかったかも知れないから。

ぼくがどうしてここにいるのか。そして、自分がだれなのか。ちゃんと分かった。

「ぼくはユーレイだ」

言うまでもないと思った。目の前のこの人は、ぼくがここで死んだって知ってて話しかけてくれたんだ。

慎治さんはぼくを見つめている。穴が開くほど。

ぼくを突き抜けて、なにかを見ていた。

この人はすごく目がいいんだ……それが分かった。この綺麗な瞳の奥にたくさんの光と闇が揺れていた。なんて不思議な人だろう。

「きみのお母さんは」

やがて彼は頷いた。

「もう、このマンションにいない。つらすぎたんだ。お父さんといっしょに出て行った」

「知ってる。だって、ずっと前に車、なくなっちゃったもの」

ぼくが言うと、慎治さんはこれ以上は無理っていうくらい眉を下げた。

「よくがんばったね。長いあいだ、ひとりぼっちで。きみはえらいよ」

ふいに泣きたくなった。声があんまり優しかったから。そうか……ぼくはえらかったのか。

「だけどもうだいじょうぶ。きみは目覚めた。微睡《まどろ》みから。もう、ここに留《とど》まっている理由はない。前に進もう」

「前に？」

うん、と慎治さんは頷く。

「いっしょに出口を探そう」

「出口!?」

ぼくは声を上げる。

「ここを出られるの？」

はしゃいで見せたけど、ぼくは実は、怖かった。ここから出るのが。

どうしていままで出口が見つからなかったのか。いや、どうしてぼくは、もっともっと頑張って出口を捜さなかったのか。すぐあきらめて、ここでウロウロし続けることを選んだのか。

「ここに閉じこもっていると、大切なことを忘れてしまうよ」

慎治さんは、なにもかも分かってるみたいに頷いた。

「きみには行くべき処《ところ》があるんだ。なのに人を脅かしたりしてると、自分が自分でな

くなる。もっと暗い場所に吸い込まれてしまう」

「でも……」

ぼくの声は煮え切らない。甘ったれた子供の声だ。

「だいじょうぶ」

慎治さんは励《はげ》ましてくれる。

「まだ思い出してないことがあるはずだ。そうだろう？」

胸の真ん中をつかまれたような気がした。ぼくはじっと慎治さんを見つめる。

「隠された扉がある」

慎治さんは告げた。透き通った瞳でぼくを見据えながら。

「それは、君が自分で封《ふう》じた扉だ。開けたくない。向き合いたくない。そう思って鍵をかけた。だから君はここから出られなくなった」

その言葉の意味が分かった。

ぼくが、自分の胸のなかにどんな扉を隠しているのか——

「開ける必要がある。でないと、出口から出られない」

ぼくは理解した。

そして思い出した。扉のありかを。なかに隠しているものを。

その瞬間、カチリと鍵が開いた。

視界が開けた。濃い霧が一気に晴れ渡るように。

もう、分かった。

慎治さんも分かった。たぶん。

でもぼくは、口にする必要があった。言葉にしなくてはならなかった。

「ぼくを轢《ひ》いたのは——お母さんの車」

慎治さんはゆっくり頭を振った。半歩下がると、駐車場の一隅を見据える。

そこはかつて、ぼくの家の車があった場所。いまはぽっかり空いている。

「見えるの？」

過去の出来事が。いまそこで起きているように。

慎治さんは頷いた。まばたきを繰り返し、それから目を伏せる。

「不幸な事故だった……だれが悪いわけじゃない。不運が重なっただけ」

そしてぼくに向き直った。

「でもきみは、自分を責めてる。お母さんを悲しませたことを」

「ぼくがボーッとしてたから。お母さんは悪くない」

急いで言った。それが真実だから。もっと車から離れてるべきだった。あの日はたまたま、隣の車がすごく近くて助手席のドアを開ける隙間《すきま》がなくて、だからお母さんが車を出してくれるのを、そばで待ってた。そしてお母さんは、運転がうまい人じゃなかった。ちょっと不器用で、後方確認が苦手。そんなことよく知ってたはず。

だから、ぼくが気が利かなかっただけだ。お母さんのせいじゃない。ぜんぜん。

身体に衝撃を感じた次の瞬間、ぼくはタイヤの下にいた。

そして、お母さんの悲鳴。そのあとのことは覚えていない。

気がついたらひとりぼっち。

「きみは自分を許せなかった。怒りのすべてを自分に向けた。そして自分を、ここへ閉じこめてしまった。自分を罰《ばっ》し、消してしまいたいと思った」

そうだ。出口を塞《ふさ》いでいたのはぼく自身だった。

立ち尽くしてるぼくを、慎治さんは優しく見守っている。

「お母さんはたしかに、立ち直るには時間がかかるだろう。きみを失ったこと。自責の念。でも……きっとだいじょうぶ。きみのお父さんが支えてくれてる」

「もちろん」

ぼくは頷いた。すごく誇《ほこ》らしい気持ちだった。

「お父さんとお母さん、すごく仲がいいんだ。ぼくがいなくても絶対だいじょうぶ」

自分がひとりっ子だということを、慎治さんには伝える必要がないと思った。

お母さんはお父さんと二人きりになってしまった。本当はすごく心配だ。でも……ぼくはもう、どうすることもできない。死んでしまったから。二人にはぼくが見えない。声も聞こえないから。

息子を殺した。そう自分を責め続けるのは、どんなに苦しいだろう。でもお母さんは一人で立ち向かわなくちゃならない。だれも肩代わりできない。お父さんも。人間には、自分一人でやらなきゃならないことがあるんだ。

ぼくが一人きりでここにいなくちゃならなかったように。

「お母さんは、きっと乗り越える」

ぼくは言った。それは神さまへの祈りに似てると思った。

「ぼくが恨《うら》んでないって知ってる。生きてほしい、って思ってること、知ってる」

届くかどうかも分からない、ちっぽけな祈り。だれも聞いてやしない。神さまには届かない。

でも慎治さんが聞いてくれてる。それだけで満足だった。

慎治さんは頷いてくれた。そして遠くに目をやる。またなにかを見ている。

「絶望の臭いを嗅《か》ぎつけると、獣《けもの》がやってくる」

平らな声だった。

「絶望が大好物の獣がいるんだ……捕まえて、自分の棲み処に連れて行こうとする」

ぼくは頷いた。慎治さんが見ているものが、ぼくにも見えた。

あの獣は何度だってやってくる。そして、いずれ捜し当てる。目当ての獲物を。ぼくの魂を。

いつまでも隠れてはいられなかった。結局は見つかってしまう。そして連れ去られる。この人が来てくれなければ、いつか自分は、捕まっていた。

お礼を言おうと思った。ところが——目がくらんだ。

どこかから光が射《さ》し込んできたのだ。ぼくはまばたきを繰り返して光源を捜す。

奥のほうの壁が光ってるのが分かった。目を凝らす。

あれ？　扉が開いてる。

「よかった。出口が開いて」

慎治さんがつぶやいた。

そうか。眩《まぶ》しくて、扉の向こうになにがあるかはまったく見えないけど——あれがぼくの出口なんだ。

見ると、慎治さんの顔は晴れ晴れしている。ぼくはすごく嬉しかった。だから思わず、慎治さんに抱きついていた。

慎治さんは驚いたはずなのに、ぎゅっと抱き返してくれる。

触《さわ》れるんだ、と思った。ぼくはいままで、人に触るのを避けてきた。無意識に。怖かったんだ。もし伸ばした自分の手が、相手を突き抜けたら？　自分が死んでるってことをいやでも思い知らされる。

でもこうやって抱き合える……慎治さんの熱がぼくを温めているのを感じながら、思った。この人だからできるのかも知れない。こんなにあったかい人だから。

いや、だめだ。ふいに悟った。

いけない。ぼくはこの人の体温を奪い取っている！　あわてて離れた。

やっぱり……慎治さんの顔はすっかり白くなっていた。唇の色がない。そして、少し歯が鳴っている。

「ごめんなさい」

ぼくは言った。ひどいことをしてしまった……こんなことしちゃいけないんだ。近づきすぎるな。生者と死者はちがう。自然の法則を破るな。

「気にしないで。慣れてるから」

慎治さんはそう言ってくれる。声は震えていたけど。

ぼくは心底不思議になった。

「慎治さんは、だれなの？」

慎治さんの全身を上から下まで眺める。でも分からない。手がかりがない。

「なにしてる人？　仕事は？」

「仕事？」

ぼくの視線に気づいたみたいで、慎治さんは自分の風体《ふうてい》を見ながら笑った。

「心配してくれてるのかい？　見たまんまだよ。ムショク」

「そういう意味じゃないよ！」

ぼくが言うと、

「分かってる」

慎治さんはウインクした。それから顔を引き締める。

「ぼくは、なんなんだろうね。自分でも分からない」

黙って考え込む。こっちが申し訳なくなるくらい、ちゃんと考えて、答えようとしてくれてる。

「うん。とにかく、できることをしたいって思ってるだけなんだけど」

首をひねりながら言った。やっぱり、とぼくは思った。この人はたまたまここに転がり込んだんじゃない。子供の幽霊が出る駐車場があるってウワサをどこかで聞いたんだ。

「ここのことは、相川《あいかわ》くんから聞いた」

慎治さんは説明してくれた。

「前にここに住んでた子だ。彼がちょっとひどい目に遭ったとき、たまたまぼくが居合わせてね。握手したとき、分かったんだ。君がここで迷子になったままだって」

それで会いに来てくれた。自分ができることをするために。

「ありがとう」

ぼくは心から言った。その、相川という人にも。ぼくはその人のことは知らないけど、同じマンションにいたんならすれ違ったことぐらいはあるだろう。ほんとにありがとう、と思った。おかげで慎治さんに会えたから。

新しい気配を感じた。ぼくは、光の扉のほうを見る。

車がすべり込んでくるところだった。

でも、あんな車見たことない。白く光っている。ボンネットもドアも屋根もタイヤも、すべてが。ライトは見えない。初めから要《い》らないみたいだった。車自体が眩《まぶ》しいライトだ。

　ただ、近づいてくるにつれて分かった。ウインドウだけが、透き通ったガラスだ。曇《くも》りひとつなくて、運転手が一人、乗っているのが見える。

　車はぼくらの目の前に停まった。エンジンの音はまったく聞こえない。どんな最新式のエコカーでも、こんなに静かじゃないと思った。

　慎治さんがぼくの肩に手をかける。

「お迎えだ。この車が、きみが行くべきところへ連れて行ってくれる」

　後部座席のドアが、ふわりと開いた。ぼくを迎え入れるように。

　お母さんの腕を思い出した。

「さ、乗って」

　慎治さんが優しく促す。

　ぼくは乗り込もうとして、足を止めた。慎治さんに向き直る。

「慎治さんの仕事が分かったよ、ぼく」

　慎治さんは目を見開いた。

「それはなんだい？」

「迷子係！」

言ってから恥ずかしくなった。でも慎治さんは笑ってくれた。

「デパートとかの？　いいな、それ」

その笑顔は、すごく明るくて綺麗だった。ぼくも嬉しくなる。

「そうなりたいね。立派な迷子係に」

「ぼくを助けてくれてありがとう。ひどい迷子だったのに」

「なんにもしてないよ。通りがかっただけ」

ぼくはもどかしい。お礼が言い足りない。どうしたらいいんだろう。もっとこの人と話していたい。そばにいたい……でも、いつまでもここでうじうじしていたら、いままでのぼくと同じだ。

ぼくは、心を決めて車に乗り込んだ。後部座席に座る。

ふかふかのシート。車内も優しい光がにじんでいて、ほのかに暖かかった。

運転席を見る。運転手さんは制帽をかぶっていた。肩は撫《な》で肩。顔はよく見えない。じっと前を向いている。

知っている人のような気がした。すごく親しい人だ。

振り向いたら、きっとだれか分かる。

「運転手さんの言うことをよく聞いてね。じゃ、いい旅を」

慎治さんはドアに手をかけて、閉めてくれた。

「うん。またね！　慎治さん」

ウインドウ越しに言った。ガラスは声を少しも遮らなかった。

「ああ。いつかまた」

慎治さんはにっこりして、少し後ろに下がった。

車がすべり出す。

振り返ると、慎治さんが見送ってくれてるのが見えた。

ぼくが手を振ると、振り返してくれる。でもその姿は見る間に小さくなってゆく。

車はだんだんスピードを上げて、光の扉から外へ出た。地下駐車場が遠ざかってゆく。

かつてのぼくの棲み処は、地下に埋まった小さな箱のように見えた。

それもみるみる小さくなって、ついには見えなくなる。

ぼくは前に向き直った。なんだか、自分の身体が大きくなった気がした。まるで大人になった気分だ。

「きみは幸運だったんだぞ」

からかうような声が聞こえた。運転席から。

「彼が来てくれて。まったく彼は、身体が幾《いく》つあっても足りない」

「分かります」

ぼくは言った。いまやすべてが分かった。自分の声まで大人びていた。

そうだ……死んでから、もう何年も経《た》っていたんだ。初めて気がついた。

思ったより長い間、ぼくは自分を閉じこめていた。心の時間を止めていたらしい。

「私は、迎えに来たくても来られなかった」

運転手さんは言った。

「あんな淋しい場所に隠れてるなんて。困った子だ」

ちょっと怒っているみたいだ。

「ごめんなさい」

ぼくは謝った。迷惑をかけた。心配させたんだから。

そのとき、風を感じた。この車は風のなかを走っている。車のガラスは音も匂いも
通してくれるみたいだった。ぼくは町の空気を感じた。すごく優しい。いろんな花の

香りが混じっている。

春だ、と分かった。自分で自分を閉じこめてから何回目かの春。こんなにも香ばしくて暖かい。初めて知ったなあと思った。子供のぼくは知らなかった。せっかくの春をぼくは逃し続けていた。どんなに素晴らしいか知らないまま、死んだ。

「春でよかった」

ぼくは思わず言った。

「ちょうど、お別れの季節だね」

「卒業か」

運転手さんが笑みを浮かべてるのが分かる。淋しそうな笑みを。

「いささか早すぎるが。まあ、いずれはみんな、卒業しなくちゃならないからな」

「ぼくは落第するところだった」

そう言うと、運転手さんは頷いた。

「ああ。でも彼が見つけた。迷子になってたきみを」

「うん」

ぼくは深く頷く。

「たくさんの迷子の人が、あの人を待ってるんだね。道を教えてもらうために」

「分かればよろしい」

運転手は言った。機嫌を直したみたいだ。

「彼はああやって、自分の仕事をこなす。きみにはきみの仕事がある」

「ぼくの仕事？」

「ああ。これから案内するから」

「楽しみだな！」

ぼくは子供に戻って言った。

自分の仕事のことなんて考えたこともなかった。将来の夢も、まだなかった。ぼくは十歳の子供だったんだから。

でも……大人になりたかった。早く一人前になりたい。そうは思ってた。

自分の仕事があるってことは、一人前ってことだ。胸を張れる。もう迷子じゃない。

「慎治さんを助けられるといいな」

思わずそう言っていた。

運転手さんが声を出して笑った。すごく大それたことを言ってしまった気がして、顔が熱くなる。

　でも運転手さんはバカにしたりしなかった。

「みんな本当の仕事をすれば、自然に彼を助けることになる。彼のそばにいなくても」

「はい」

　ぼくは素直に返事をした。その意味が分かると思った。

この運転手さんも自分の仕事をこなしてる。一生懸命。

「スピードを上げるよ。心構えはいいかな？」

「はい。いつでもどうぞ！」

「オーライ」

　運転手さんは言った。声に笑いを含ませながら。

「オール・オールライト」

エピローグ——青葉のジャンクション

見つけた。あの人だ。

ぼくは目を惹《ひ》きつけられた。

しっかり見て確かめる。たぶん間違いない。イメージしてたとおりの見た目だったから。顔色もよくない。

でも来た。言われたとおりに交差点脇で待っていたら、ほんとうに。

ぼくは疑っていた。会えるんだろうかと。どうして分かったんだろう？　あの女性が、この時間にこの交差点を通ることを。

でもそんなことを考えても仕方ない。目当ての人はいま、実際にここにいる。横断歩道を渡ってきた。向こう側からこっちへ。ぼくのほうへ。

声をかけなきゃ。そして伝えなくちゃならない。

できなかった。声を出す勇気がなくて、頭のおかしな奴だと思われるのが怖くて。相手はぼくに目もくれない。すれ違って去って行く。ぼくはただ見送ってしまった。だめだ、追いかけなきゃ。気を取り直して歩き出すぼくの足が、もつれた。やっぱり気が向かない。

でも慎治さんに頼まれたんだ。これは、ぼくの仕事だ。

「すみません」

ぼくは決心して、女性の背中に声をかけた。

「久本優里《ひさもとゆり》さんですね」

声が震えてしまった。

女性がぼくを振り返る。怪訝《けげん》そうな目。

「突然に、すみません。ぼくは」

またためらいが襲った。でも振り切る。

「相川祐仁《あいかわゆうじん》と言います。あの、ちょっと聞いてもらえますか」

しっかり名乗れ。それも、指示されたことだった。すごく嫌だったけど、名乗らなければ怪《あや》しまれて、結局信じてもらえない。そう言われるとたしかにそうだ。だから思いきって名前を言った。昔あなたといっしょのマンションに住んでたことがある。と伝えようかどうかは、すごく迷った。でも伝えなくていい、余計なことだ。大きなマンションだったから近所づきあいはなかった。お互いに顔も覚えていないんだし。でも久本優里さんはぼくの顔をじっと見た。もしかすると、見覚えがあるのかも知れない。記憶を確かめるように目を細めている。少し怖くなった。

その目に敵意は見えなかった。意外だけど、警戒心《けいかいしん》もあまり見えない。制服を着たぼくを、ふつうの高校生と見なしてくれているようだ。勇気が出た。

「こんなこと言われても、びっくりすると思うんですけど……雄飛《ゆうひ》くんは元気です」

優里さんの顔が凍《こお》りつく。

「頭がおかしいって思われるのは、分かってます」

ぼくは相手の目をじっと見つめる。真心が伝わるように祈るだけ。

「元気だって言い方が、変なのも分かってます。だから、信じてもらえなくてもいいんです。ただ、ほんとなんです。雄飛くんに会った人から、伝言を預かったので」

ぼくの言葉は尻《しり》すぼみになる。相手の表情を見ているうちにどんどん申し訳ない気分になった。この人は、動揺してるなんてものじゃない。この場に崩れ落ちそうだ。

今すぐいなくなりたかった。この人の前から。そもそも上野公園に行ってしまったことを後悔した。慎治さんと話したくなって、慎治さんに別れ際に言われたことを思い出して行ってみたのだ。でも、七井《なない》教授。そんな人どこにいるんだと思って挫《くじ》けそうになった。

ところが出会えてしまった。公園の警備員さんが七井教授のことを知っていたのだ。その辺りでは有名人だった。あの人だよ、と教えられて、ぼくは段ボールのかたまりにおそるおそる近づいた。中に、見事な白髪《しらが》頭《あたま》の老人があぐらをかいていた。公園に寝泊まりしている人のことだったのか……仕方なく声をかける。

「すみません、あの」

「おう？」

眉のつり上がった顔が怖い。

「ぼく、慎治さんの知り合いなんですけど……」

そう言った途端、顔が柔《やわ》らかくなった。

「そうかそうか。名前は？」

「あ、相川、祐仁です」

「おお、伝言を預かっとる」

七井教授は顔中に皺《しわ》を寄せて笑った。え？　とぼくは固まる。でも老人は笑顔のまま、どこからかごそごそと紙を取り出して、

「そこに名前が書いてある人に、ちゃんとそれ、伝えてくれよ」

と言ったのだった。紙にはいろいろと書いてある。慎治さんの字だというのはなんとなく分かった。でもまったく意味が分からなかった。

「なんですかこれ？」

「慎ちゃんがきみに頼んだ、仕事だ」

このおじいさんは、慎治さんを慎ちゃんと呼んでるのか。でも、仕事？

「きみを見込んで頼むんだ。しっかりやれよ」

唐突《とうとつ》すぎてなにも返せなかった。納得なんかいくはずない。ぼくは慎治さんに会いたかっただけで、でも慎治さんは、ぼくが会いに来ることは知らなかったはず。なのにぼくに〝仕事〟を用意してたっていうのか？

ぼくは七井教授にいろいろ訊いた。湧いてきた疑問を根掘り葉掘り。分かったこともあったけど、まあ、ほとんどは訳が分からなかった。

　でもぼくは結局、紙に書かれていた日時に、指定された場所に来た。

　それが今日、五月二十八日。時刻は午後一時四十五分。この東京郊外のありふれた場所で、ぼくは優里さんに声をかけ、どうにか言った。伝えろと指示されたことを。

　この人が息子さんを亡くしたお母さんだということは、七井教授から聞いた。そして、ぼくが前に住んでいたマンションに住んでた人だってことも。

　久本優里さんは、見るからに幸薄《さちうす》そうな女性だった。表情が暗い。目に力がない。息子さんを亡くしたんなら無理もない。まるで人生をあきらめているように見えた。

「雄飛くんは、もう、明るい場所にいる。心配することはないって」

　この人に元気を出してほしい。素直にそう思った。だからいちばん大事なことを伝える。

「なにより雄飛くんは、お母さんのことを愛しています」

　これ以上、伝えることはない。でもぼくは仕事に失敗した。だってこの人の顔を見る限り、ぼくの言葉はこの人を何一つ元気づけてない。むしろ悲しませてる。

「彼は旅立った」

　声が聞こえた。少し下から。

「暗い場所から解き放たれた。慎治が、鎖を断ち切ったんだ」

「おまえ……」

ぼくと優里さんの間に割り込んできた小さな影。それがだれか気づいて腰を抜かしそうになった。なんでこいつがここに？

「だから、安心していいよ。あの駐車場には二度と現れない」

子供らしい高い声で、この子らしい偉《えら》そうな口ぶりで言った。

「おい、黙ってろよ」

ぼくはカッとした。ぶち壊しだ。なんで邪魔するんだ？

「お前が頼りないからだろ、祐仁」

神木田朗《かみきだろう》は鼻で笑った。ぼくは顔が熱くなる。逆に背筋は冷たくなった。優里さんをこれ以上苦しめたくない、でもこの人の目つき……ぼくらをやばい奴らとしか思ってない。ぼくは朗に、やめろ、喋《しゃべ》るなどっか行け！　そう言おうとした。

ところが、朗の次の言葉が空気を変えた。

「雄飛の案内をしてるのは、堀切正辰《ほりきりまさたつ》さん。安心でしょ？」

朗は子供っぽい言い方をした。

「あんなに道に詳しい人はいないんだから。堀切さんの車に乗って、雄飛はいまごろ三千世界を飛び抜けてるよ。そして新しく化生《けしょう》するんだ」

だめだ、これ以上訳の分からないことを言わせちゃならない。僕は朗の口を塞《ふさ》ごうと手を伸ばした。ちらりと優里さんの顔を見る。ぶわっ、と目から涙があふれた。自分でそれに気づいていないように見える。

ぼくは朗の腕を引っ張って優里さんの前から去った。しばらくでたらめに歩く。小さな公園を見つけて入り込んだ。

朗の腕をつかんだままベンチに座る。朗は素直にぼくの隣に座った。

「何しに来たんだよ」

ぼくが責めると、

「ぜんぜん伝わってなかったぞ。祐仁は、頼りないな！」

馬鹿にして笑う。慎治さんのいないところだと、ぼくのことは呼び捨て。慎治さんのことさえ呼び捨てにする。結局こいつは、東京一のわがまま坊主だ。

「伝わるってなんだよ」

なぜか無性《むしょう》に腹が立った。

「伝えるなんて、無茶じゃないか。会ったこともない人に、あんなこと……伝わるわけない」

「慎治を恨んでるんだな！」

朗は意地悪な嬉しそうな笑みを浮かべた。ぼくは頷《うなず》きそうになってしまう。

「難しい仕事を押しつけられてさ。伝えるんなら、自分で来て伝えろって思ったんだろ。その通りだ！　祐仁、貧乏くじを引いたなあ！」

悪魔の顔が覗《のぞ》いている。ぼくは内心ヒヤリとした。ぼくと慎治さんの仲が悪くなれば、こいつは嬉しい。そんなのは悔しかった。口車《くちぐるま》に乗ってはだめだ。

「ちがう、ぼくは……」

「十方暮《じっぽうぐれ》の年なんだ」

朗はふいに真面目な顔になった。

「え？」

「慎治は忙しい。なんせ、六十年に一度だからなあ」

「……なんのことだよ」

ぼくは訊いたけど、朗は物憂《ものう》げな眼差しで遠くを見たままだった。こっちも黙るしかない。

どうやら朗は、慎治さんのことを心配している。で、かばっているのだ。師匠のことを。

いいところあるじゃないか。ぼくはこっそり笑った。でもすぐ顔が引き締まる。久本優里さんの涙が胸に刺さったままだった。本当に気の毒な人だと思った。ぼくらのせいだ。余計なことをした気がして仕方なかった。いまどんな気分だろう。いきなり意味不明なことを言われて、泣かされて。ひどい迷惑をかけてしまった……でも。

「おい朗。堀切さんってだれだ？」

訊いた。さっき唐突に出てきた名前だ。それを聞いて優里さんは豹変《ひょうへん》した。どうして泣き出したのか知りたかった。

「日本で初めてのタクシー運転手」

朗は常識だろ、とでも言いたそうな顔だった。

「明治十八年生まれ。で、優里さんの、曾お祖父《ひいじい》さん」

「へえ！」

ぼくは素直に驚いて見せた。

「じゃ、その堀切さんってご先祖が、子孫を助けてくれたってわけ？　曾お祖父さんの……息子は、なんていうんだっけ。あ、玄孫《やしゃご》？」

「ウキャキャキャッ」

ぼくはビクリとして尻を浮かす。朗がいきなり奇声を発したのだ。

この子が変なことをやり出すのはいつものことだけど、タイミングが読めないから慣れない。そのたびに寿命が縮む。

キャッ、ウキャッと言いながら朗は両手をぶらぶらして、頭を下げて鼻の下を伸ばしている。猿の物まねらしい。なんでいまここで？

視線を感じた。ハッと目を上げると、公園の向かい側のベンチにいる三十歳ぐらいの女性がこっちを睨《にら》んでいた。怒ってる。

いや、よく見ると、怖がってるような表情に見えた。子供が急に猿の物まねを始めたらビックリはするだろうけど、怖がることはないのに。朗の物まねが妙にうまいのが問題なのかも。ぼくは朗を見た。

こいつの場合、ほんとに猿に変身したりしそうで嫌だ。慎治さんがそばにいないとやりたい放題。ぼくには抑えられない。どうしたらいいんだ……こんな奴には二度と会いたくなかったのに。もうこれで三度目か。慎治さんには、朗がやり過ぎたら本気で叱《しか》れと言われている。叱るのは苦手だ。

でも、あんまりひどいようなら怒ってやる。ぼくはそう決心していた。

そのとき、公園に新しく入ってきた子供たちがいた。男の子と女の子。男の子のほうは、少し大きいから中学生かも知れない。向かいのベンチの女性のところへ行った。待ち合わせていたらしい。女性が笑顔で迎える。

ところが、子供たちより先に女性に飛びついたのは黒いラブラドール・レトリーバーだった。ペロペロ顔を舐《な》める。子供たちが連れてきたのだ。女性とは仲良しらしい。

二人の子供も嬉しそうだった。どことなく顔が似ているから、兄と妹だろう。じゃあこの女性はお母さん？　それにしては若く見えた。だから親戚か、知り合い。なんにしても仲良しだ。ペットぐるみで。微笑《ほほえ》ましい光景だった。

すると朗は、いつの間にか動きを止めて地面を見つめている。猿の物まねは飽《あ》きたみたいだ。向かい側の光景にも興味がないらしい。どこかから拾ってきた木の枝を使って、地面の土に何か描いている。ほんとにこの子は、子供なのか大人なのか、人間なのか悪魔なのか分からない。

朗が描いたのは人の手だった。そこに線を描き足す。手から四方八方に、いくつもの線を。まるで光ってるみたいに見える。

「あ、それ、慎治さんの手だろ」

ぼくはピンときて言った。

「よく分かったね！」

無邪気な顔がぼくを見上げる。いつもこんなだと、かわいい子供なんだけどなあ。

「当たり前じゃん」

ぼくは言った。あの人と握手したんだ。あの不思議な感覚は忘れられない。

「慎治さんはいま、どこにいるんだろうなあ」

思わず言った。しばらく会っていない。

「わかんない」

朗は自分が描いた手を見つめながら呟《つぶや》いた。淋《さび》しそうだった。

「慎治は、忙しすぎるんだよなあ。十方暮だしなあ」

「だからその、じっぽうぐれってなんだよ」

朗は答えない。ただただ地面に線を書き足してゆく。

「会いたいのになあ。ちくしょー。ちくしょー」

「会えるよ。すぐ」

ぼくは頬をゆるめた。

「そんな気がして仕方ないんだ」

「おい、まさか」

朗がぼくを見た。目が輝いている。

「これからここに来るのか？　慎治が!?」

詰め寄ってくる。ぼくは答えなかった。意地悪じゃない。自分でも分からなかったからだ。なんですぐ会えるなんて思ったのか。

向かい側の三人と一匹がこっちを見ているのに気づいた。全員が驚いたような顔をしてる。イヌも。

ぼくは思わず笑う。ベンチの背もたれに両腕をかけて、空を見上げた。

木々の葉が、午後の陽射《ひざ》しを弱めてくれている。その向こう側にある太陽を感じた。

夏が近づいてる。すぐそこまで来てる。

◎本作品はフィクションです。実在の人物、団体等とは一切関係ありません。
◎本作品は描き下ろしです。

あの世とこの世を季節は巡る

潮文庫　さ－2

2018年３月16日　初版発行

著　　者　沢村 鐵
発 行 者　南 晋三
発 行 所　株式会社潮出版社
〒102-8110
東京都千代田区一番町6　一番町SQUARE
電　　話　03-3230-0781（編集）
03-3230-0741（営業）
振替口座　00150-5-61090
印刷・製本　株式会社暁印刷
デザイン　多田和博

ISBN978-4-267-02120-6 C0193